Thomas Sedlmeyr

Der Moser und die Pandemie

Abstandshalbe am Gartenzaun

Bibliografische Information der Deutschen Nationalbibliothek:
Die Deutsche Nationalbibliothek verzeichnet diese Publikation in
der Deutschen Nationalbibliografie; detaillierte bibliografische
Daten sind im Internet über http://dnb.dnb.de abrufbar.

Herstellung und Verlag: BoD – Books on Demand, Norderstedt

ISBN: 978-3-75-572690-6

„Hoffentlich wird es nicht so schlimm, wie es schon ist."

Karl Valentin

INHALT

VORWORT

Früher hat sich der Moser mit seinen Freunden meist im Wirtshaus oder in seinem Garten zum Grillen getroffen. Früher, das war noch vor Corona.

Der Moser hat dabei regelmäßig so viel Bier getrunken, dass er einen leichten bis ordentlichen Suri davongetragen hat, und dabei hat er verbal viel von sich gegeben, meist mehr oder weniger Erwähnenswertes aus dem erweiterten Tagesgeschehen oder aber Dinge, die er irgendwo gelesen und dann nochmal durch die Windungen seines Gehirns gepresst hat – letzteres ein mit Blick auf die Evolution des menschlichen Geistes, der mit der Entwicklung des gesprochenen Wortes und dessen Transformation in Schrift einen gewaltigen Sprung abbekommen hatte, sowie den Verschriftlichungsprozess selbst zirkulärer Akt oder Schritt zurück, mit dem er die Bildung seiner Umwelt vorwärtsbringen wollte. Wobei er durchaus sprunghaft sein konnte.

Wenn der Moser sich also schon vor Corona mit seinen Freunden getroffen und geratscht und Bier getrunken hat und es in dem Buch auch genau darum geht, bloß dass der Moser sich nun am Gartenzaun und mit nur einem Freund trifft, wobei er immer den Abstand von 1 Meter 50 einhält, auf jeden Fall vor dem dritten Bier, weil nach dem dritten Bier kommt es schon mal vor, dass man einen Schritt vor- oder zurückschwankt, was sich dann im Prinzip wieder ausgleicht – wobei der Hinterhofer, der entgegen aller Einwände vom Moser zur Polizei gegangen ist, der würde das wahrscheinlich nicht gelten lassen, aber Polizist wollte der Moser grad auch nicht sein, also noch weniger –, dann könnte man natürlich sagen, dass das Corona nur vorgeschoben ist, weil es halt gerade ein Thema ist, das tatsächlich jeden betrifft und dem man sich auch nicht entziehen kann.

Aber einerseits gilt das ja nicht für die Geschichten vom Moser, denen man sich durchaus entziehen kann, wenn man das Buch einfach aus dem Fenster schmeißt und alle Freunde auf Facebook davor warnt, dass es jetzt etwas gibt, das eine Ausgangssperre noch deutlich verschlimmern kann, so dass sie sich dem von vornherein entziehen. Und andererseits kann man fragen, wer ich eigentlich bin, weil der Moser bin ich nämlich nicht, und als allwissender Erzähler bin ich auch gewissermaßen allmächtig – ich kann beispielsweise ellenlange Sätze schreiben, so dass sich irgendwann keiner mehr auskennt, am wenigsten der Drexler Andi, der ein Spezl vom Moser ist und bei allem, was länger als eine Überschrift ist, immer nur die Überschrift liest. Ich könnte sogar sagen, dass mir das alles ein zündelnder Buchsbaum diktiert hat oder dass das die Tagebücher eines Österreichers sind, was zugegeben ein bisschen deppert wäre.

Ich behaupte aber hiermit, dass es den Moser gibt oder zumindest geben könnte, dass ich mit ihm regelmäßig Bier am Gartenzaun getrunken habe oder dies jederzeit tun würde und alles, was der werte Leser hier liest, tatsächlich so passiert ist oder passieren hätte können. Und obwohl der Moser sich auch vor Corona schon viele Gedanken gemacht hat oder sicherlich hätte, hat das in der Krisenzeit auf jeden Fall zugenommen, weil er wie jeder nicht ins Wirtshaus gehen konnte, und jetzt reden wir von echten Tatsachen. Womit ich in aller Bescheidenheit hoffe, sämtliche Einwände für alle Zeit beiseite gewischt zu haben.

I.

Frühjahr
oder der Schock

DER THOMAS
UND SEIN THEOREM

Zwischenmenschlich gesehen war die Corona-Krise vor allem eine Konnektivitätskrise. Wie so viele Leute nutzte auch der Moser freigewordene Zeit in der Krise dazu, zu lesen, und wie so viele Leute nutzte er dazu keine Bücher, sondern das Internet.

Im Grunde mochte der Moser Bücher ja lieber und sein guter Spezl Toni, der Architekt war, meistens aber mit seinem kleinen Segelboot über den Starnberger See schipperte und sich dabei vorstellte, er sei ein Pirat, der hatte, als er mit seinem gar nicht so piratenmäßigen Bauch, der ihm ein ebenso pregnantes wie prägnantes Aussehen verlieh und eindrucksvoll die diätetischen Vorteile von Rum gegenüber Weißbier demonstrierte, zwischen zwei Bücherstapeln steckengeblieben war, mal gesagt, dass eben diese Bücherstapel, die jeden freien Zentimeter füllten, das eigentliche statische Element in dem lustlos vor sich hin dekonstruierenden Heim des Mosers darstellten, das er im Übrigen, und deswegen war er ja eigentlich hier, monetär gar nicht schätzen könne, weil der Abriss und insbesondere die Entsorgung der Bücher den Grundstückspreis bei Weitem übersteigen würden. Ein Weißbier täte er aber noch nehmen.

Allerdings kannte der Moser diese Bücher schon alle, und die, die er vielleicht noch nicht kannte oder deren Inhalt er im Laufe der Zeit wieder vergessen hatte, immerhin war er jetzt auch schon gute 50 plus x, wie er immer sagte, also 60, die steckten fest zwischen den anderen, und rausholen wollte er sie nicht, wegen der Statik. Buchhandlungen und Büchereien waren im ersten Lockdown geschlossen, der Versand von Büchern wiederum stockte infolge der Priorisierung von Klopapier. Und so blieb ihm letztlich nur dieses Internet, um die eingeschränkte zwischenmenschliche Informationsvermittlung zu kompensieren. Was er dann auch recht exzessiv tat, wie so viele Leute.

Auf einem seiner Ausflüge, die oft bei einem Thema begannen und bei einem ganz anderen endeten – beispielsweise hatte er einmal bei den Seeschlachten des Ersten Weltkriegs begonnen und war über Plinius bei der Gewürznelke gelandet – und die ihm beileibe nicht nur zum Zeitvertreib, sondern vor allem als Inspiration für noch viel weiterführende Gedankenspaziergänge dienten, stieß er auf das Thomas-Theorem. Dieses lautete in seiner Quintessenz folgendermaßen: „Wenn die Menschen Situationen als wirklich definieren, sind sie in ihren Konsequenzen wirklich".

Der Name war nun nicht, wie man vielleicht denken könnte, an den zweifelnden Apostel Thomas angelehnt, der quasi umgekehrt verfahren war, indem er seinen Finger auf die Wunden des Heilands gelegt hat, sondern stammte ganz profan von den beiden Autoren dieser sozialpsychologischen Grundannahme, einem US-amerikanischen Soziologenpaar mit Nachnamen Thomas. Die hatten ihre These am Beispiel eines paranoiden Mörders dargelegt, der Selbstgespräche von Passanten negativ auf sich bezog – eine pathologisch falsche Wahrnehmung der Situation, die seinen Opfern zum Verhängnis wurde und dem Theorem in ihrer Kausalität seine Prägnanz verlieh, schließlich ist der Tod nicht nur die letzte Konsequenz, in der die Wahrnehmung des unmittelbar Betroffenen aus wissenschaftlicher Sicht abrupt endet, sondern auch ein unumstößlicher Fakt und Fingerzeig, der die mittelbar Betroffenen mit einer für alle geltenden Wirklichkeit konfrontiert, nämlich der Endlichkeit des irdischen Daseins.

Der Moser dachte nun, dass die Aussage dieses Theorems einerseits offensichtlich war, weil viele ein und dasselbe ja völlig unterschiedlich sahen und die Leute ständig aneinander vorbeiredeten, was er in Anlehnung an einen Werbespot für Tampons gern mit der Sentenz „Die Geschichte der Kommunikation ist eine Geschichte voller Missverständnisse" beschrieb, und das alles hatte deutlich wahrnehmbare Konsequenzen – zum Beispiel die, dass er dem Meier ab und an gern eine schmieren wollte, obwohl er ihn eigentlich mochte, womit sein Verhalten, gleichwohl durch Aggressionskontrolle ausgebremst, ganz klar von seiner persönlichen Definition der Situation abhängig war, die darin bestand, dass der Meier ihm mit seiner Demagogie mal wieder tierisch auf die Nerven ging, während der sich auf einem rhetorischen Höhenflug wähnte und deshalb unbeirrt weiterredete. Andererseits war die Erkenntnis jedoch tatsächlich bahnbrechend, weil die meisten, und da konnte der Moser sich selbst nicht ausschließen, die objektive Wahrheit für sich beanspruchten. Wodurch es zu einem klassischen Dilemma kam.

Der Moser schenkte sich ein Helles ein und schnupperte gedankenverloren am Schaum. Lebte etwa jeder in einer eigenen Welt? Und wenn dem wirklich so war, wo waren dann die Grenzen und die Berührungspunkte?

Fest stand, dass jeder die Dinge völlig anders wahrnahm, so dass sich die objektive Realität auf die Wahrnehmung einfacher Formen beschränkte. Nahm man eine Mass Bier als Exempel und Maß aller Dinge, dann konnte man sich sicher noch darauf einigen, dass diese ein zylinderförmiges Gefäß mit einer schlecht eingeschenkten Füllung aus Hopfen und Malz darstellte, die mit Wasser und Hefe zu einem beschwingenden Fluid himmlischen Ursprungs vergoren waren. Bei der Wahrnehmung der Größe des Gefäßes ging es aber schon los mit den Differenzen: Denn während diese Auswärtigen riesig erschien, war sie für den Bajuwaren, dem wiederum ein Kölsch-Glas als unwirklich oder zumindest Schmarrn erschien, da es nur einen Schluck einer Flüssigkeit enthielt, die den Namen Bier eigentlich gar nicht verdiente, auf Volksfesten ein gängiges Behältnis. Der Moser klammerte an dieser Stelle aus, dass die Definition eines Gefäßes dort mitunter um die einer Schlagwaffe erweitert wurde, was einen taktischen und taktilen Aspekt beinhaltete.

Angeregt nahm er einen kräftigen Schluck, stellte den Krug vor sich ab und schaute zu, wie sich die Wogen in seinem Inneren glätteten. Alles begann bei den Sinnen. Die Farbwahrnehmung, das hatte der Moser mal in einem schlauen Magazin gelesen, ging bei jedem schon leicht auseinander, ebenso das Hören und Fühlen, ganz zu schweigen vom Riechen und Schmecken. Bei allen Sinnen gab es individuelle Differenzen. Die Bandbreite der Faktoren reichte von der Filterung über die Intensität bis hin zur Kombination und Bewertung – abhängig von Rezeptoren, Nervensträngen und Gehirnarealen, eine komplexe innere Konnektivität, die wiederum eine Verbindung zwischen Innen- und Außenwelt schuf und zugleich von Faktoren wie kultureller Prägung und Erinnerungen beeinflusst war – der wahrgenommenen Reize.

Die Schwierigkeit einer objektiven Beurteilung zeigte sich beispielsweise in dem Versuch einer Skalierung von Geruchsintensität in Olf, wobei 1 Olf dem Geruch eines Erwachsenen mit 1,8 m² Hautfläche entspricht, der 0,7-mal am Tag badet und im Sitzen arbeitet. Diese hatte sich im Alltag nicht durchgesetzt, was der Moser verstehen konnte, denn der Ferdl duschte vielleicht zweimal die Woche und arbeitete als Fliesenleger, womit er an einem sommerlichen Mittwochabend eigentlich einige Olf zusammenbringen hätte müssen, hinzu kam, dass er als Kettenraucher einen Grundolfwert von 25 besaß. Dennoch konnte man nicht sagen, dass er stank. Dies lag zum einen daran, dass er größtenteils aus Muskeln bestand und einen schwarzen Gürtel in Taekwondo besaß. Zum anderen roch er schlicht nicht mehr als der Manni, der täglich duschte und sich dennoch mit jedem Tablett, das er über das Biergartenareal balancierte, olfaktorisch einem überbelegten Löwenkäfig annäherte, was er selber aber nicht roch und was ihm auch keiner sagte, weil der Manni sehr sensibel war.

Noch sehr viel deutlicher machten sich diese Unterschiede bei der gustatorischen Wahrnehmung bemerkbar. Der Moser imaginierte sich hierzu einen einfachen Versuchsaufbau: Würde man einen Wurstsalat bei der Rosi bestellen und in einer Runde herumgeben, so würde dieser zwar von allen eindeutig als Wurstsalat und nicht als Creme brulee erkannt. Die Reaktionen würden jedoch von zu sauer, zu salzig, zu süß und zu bitter bis hin zu perfekt reichen. Er nahm einen weiteren Schluck und ließ sich von der Rezenz am Gaumen zu seinem ursprünglichen Exempel zurückleiten.

Die Trixi mochte überhaupt kein Bier, sondern trank nur Rüscherl, und in der Zeit, in der sie mit dem Toni zusammen war, hatte der auch gesagt, dass ihm das Bier nicht mehr so schmecken würde, wobei er mit dem Moser schon noch welches getrunken hat, wenn die Trixi nicht dabei war, und der Moser hatte damals den Eindruck, dass es ihm durchaus schmeckte, weil sonst hätte er ja spätestens bei der dritten Halbe aufgehört, und letztlich hat die Trixi ihn dann ja auch verlassen.

Damit war man auch schon bei den Geschmäckern, die bekanntlich verschieden waren und über deren Singular sich so trefflich streiten ließ – und die vom Gustos über den Habitus bis hin zum Eros und der Frage Urne oder Sarg das breite Feld menschlicher Vorlieben und Abneigungen absteckten.

Der persönliche Geschmack war unweigerlich mit Assoziationen verbunden, also was der Einzelne mit dem Wort und damit auch mit der Sache Bier verband, denn ein Bier war ein Bier war ein Bier. Für den Moser bedeutete es beispielsweise Genuss, Gemütlichkeit und Rausch – jeder Begriff moserisch gesehen ein evolutionärer Schritt hin zu einem gelungenen Tag, für eine Marathonläuferin wie die Sonja jedoch an sich schon wieder negativ besetzt. Für sie war Bier untrennbar mit Gewichtszunahme, Trägheit und Stumpfsinn verbunden, hinzu kam die sich unterbewusst aufschwemmende Erinnerung an einen Wiesenbesuch vor zehn Jahren, der für sie auf dem Rauschberg geendet hatte, der bei nüchterner Betrachtung halt doch nur ein Kotzhügel war, und seitdem wurde der Sonja schon beim Geruch von Bier speiübel.

Jeder war ein eigener Planet, der durch den leeren Raum schwebte und ab und an auf andere Planeten traf, vielleicht auch eine Weile neben einem solchen her rotierte, oder, um im Bild zu bleiben, die Menschen waren wie die Kohlensäure im Bier, jeder eine Blubberblase, die neben den anderen aufstieg, bis sie an der Oberfläche zerplatzte oder, wenn man es religiös sehen wollte, in Schaum aufging und dann zerplatzte, um in den Himmel aufzusteigen – womit er das Gottesreich jetzt keinesfalls für den Klimawandel verantwortlich machen wollte, da war der Mensch schon selbst schuld und vor allem der Meier, der an sich schon den ökologischen Fußabdruck von hundert Thailändern hatte und dann noch jedes Jahr nach Thailand flog, um nach dem zwölften Chang-Bier in der Strandbar radebrechend denglischend zu beweisen, dass er eine ganz besondere Blubberblase war, was er sonst noch alles da unten machte, das wollte der Moser gar nicht wissen. Er schenkte sich nach und hielt den Krug prüfend gegen das Licht. Jeder eine Blubberblase aus ätherischem Kohlenstoff, die sich auf dem Weg nach oben bisweilen am Glas absetzte, mit anderen vereinigte und wieder trennte.

Der Moser erinnerte sich hier an die Schnittmenge in der Mengenleere, die ihnen der alte Lehrer Weißbauer beigebracht hatte, den er als Schüler ganz gern mochte, weil er manchmal Geschichten von zuhause erzählte. Auch wenn die Geschichten nie gut ausgingen, weil seine Frau darin eine Protagonisten- oder eher Antagonistenrolle spielte – sie muss eine wahrlich furchtbare Frau gewesen sein, zumindest hatte der Weißbauer das für sich als wirklich definiert und trug die Konsequenzen davon –, verlieh ihm das einen menschlichen Nimbus, der den anderen Lehrern in der Regel fehlte. Jedenfalls dachte der Moser kurz an die Kreise, die eine Schnittmenge bildeten, die man dann bunt ausmalte, wobei er die im Fall von der Anni eher schwarz ausmalen würde. Allerdings neigte der Mensch dazu, die Dinge im Rückblick rosarot zu verklären oder schwarzzumalen, und da der Moser mit seinen Gedanken nicht in emotionale Untiefen abdriften wollte, trank er einen Schluck Bier, um das Bild abzurunden.

Am Abend kam der Thomas auf ein Bier an den Gartenzaun. Der Moser hatte das Biergleichnis bis dahin um fünf objektiv wahrnehmbare Flaschen Bier erweitert, die aufgereiht vor ihm standen und den Fortschritt seiner Überlegungen versinnbildlichten.

Der Moser meinte zu ihm, dass er sich ernsthafte Gedanken über das Thomas-Theorem gemacht hätte, worauf der Thomas ihn kurz entsetzt anstarrte und dann gekränkt entgegnete, dass er keine Probleme mit dem Moser hätte, dass er nur deshalb gekommen sei, um mit dem Moser ein Bier zu trinken, und wenn es wegen der Anni wäre, die er ihm damals ausgespannt hätte, das sei jetzt schon fast 30 Jahre her und sie wäre eh eine dumme Matz gewesen. Er könnte eigentlich froh darüber sein, also so im Nachhinein. Der Moser kniff daraufhin die Augen zusammen, weil er wirklich gern mit dem Thomas Bier trank, es ihm aber manchmal körperliche Schmerzen bereitete, also nicht nur im Nachhinein, sondern auch ganz akut, so dass er sich manchmal schon fragte, ob der Thomas nicht ein chronischer Depp wäre. Er entgegnete dann aber, die Anni sei ihm schon lange wurst und außerdem hätte er Theorem und nicht Problem gesagt. Der Thomas meinte nun, dass er auch kein Theorem hätte, das ginge gar nicht, weil er sich jedes Mal einen Pariser überstülpen würde. Der Moser ließ es dabei bewenden und holte noch zwei Bier.

Als er wieder alleine war, dachte er sich, dass der Thomas eindeutig zu viel über Frauen und Sex nachdachte, was wohl daran lag, dass er beides schon lange nicht mehr gehabt hatte. Und dass es irgendwie schon auch bezeichnend war, dass das Theorem von einem Ehepaar aufgestellt worden war. Aber darüber würde er ein anderes Mal sinnieren.

BERUFUNG

Der Moser lebte in dem Haus, das er von seinen Eltern geerbt hatte
und das mit ihm alterte, dabei wie er zunehmend Flecken und Risse
bekam und von außen betrachtet einen ganz leichten Touch von
Verwahrlosung hatte, der noch nicht abstoßend, sondern gerade
noch interessant wirkte, weil er zeigte, dass der Bewohner auf Äu-
ßerlichkeiten einfach keinen so großen Wert legte, und somit ein
Statement darstellte, das der Moser in seinem eigenen Auftreten un-
termauerte.

Auf die ab und an unausweichliche Frage, was der Moser denn be-
ruflich so mache, hatte er drei Antworten parat, die er je nach Laune
und Gegenüber zum Besten gab.

1. Ich bin Trinker. Das Casablanca-Zitat kam bei Cineasten immer
gut an, bei allen anderen sorgte es für einen pikierten Abbruch des
Gesprächs oder einen abrupten Themenwechsel, was dem Moser
eh lieber war. Schließlich machte er eine ganze Menge sinnvoller
Dinge, die jedoch größtenteils nicht in die denkbar eng gefassten
Schubladen beruflicher Kategorien passten.

2. Ich bin Eigenbrötler. Das kam der Realität tatsächlich sehr nahe,
denn in vielerlei Hinsicht buk der Moser seine eigenen Semmeln.
Seine Eltern wollten einst, dass der Moser unbedingt studiere, und
da der Moser partout nicht studieren wollte, hatte er Assyriologie
studiert, was nicht nur seine beruflichen Perspektiven, sondern
auch den weiteren Kontakt zu den Eltern ziemlich einschränkte,
und der Moser war ihnen wirklich dankbar, dass sie ihm das Haus
trotzdem vererbt hatten, denn das zeugte von wahrer Fürsorge oder
zumindest Sorge. Nach dem Studium, für das er eine ganze Weile
gebraucht hatte, da die Keilschriften sich schwertaten, seine Ge-
hirnwindungen zu passieren, hatte er dies und das gemacht. Faul
war der Moser dabei nie gewesen. Er hatte seiner Meinung nach

eher zu viel und mitunter das Falsche geschuddelt, weshalb er sich jetzt auf das Wesentliche konzentrierte. Und dazu gehörte neben dem Studium des Lebens, das er selbstständig durch beständiges Nachdenken und im kommunikativen Austausch mit seinen Spezln betrieb, wobei Sprach- und Gedankenfluss durch regen Konsum von Gerstensaft, als dessen Entdecker neben den Sumerern bekanntlich ja auch die Assyrer gelten, angeregt wurden, ein entspannterer oder distanzierterer oder anderer Blick, nennen wir es eine Eigenbrötlerperspektive, auf den Broterwerb.

Faul war der Moser dabei immer noch nicht. So gedieh in seinem Garten jede Menge Obst und Gemüse, das er im Herbst einmachte, einlegte oder einfror. Zudem hielt er sich eine Schar Hühner, die ihn mit Eiern versorgte, von denen er einen Teil an seine Nachbarn verkaufte, was ihm monatlich steuerfreie Einnahmen von 30 Euro 40 bescherte – die 40 Cent gab ihm die alte Messnerin immer als Trinkgeld, weil der Moser ihr die Eier mit dem Radl vorbeibrachte und noch einen Eierlikör mit ihr trank –, wodurch zumindest die monatliche Telefonrechnung schon mal bezahlt war. Da das weder finanziell noch sinnstiftend ausreichte, fertigte er Holzwaren, die er direkt an Interessenten verkaufte, worauf ein altes Holzschild an seinem Gartenzaun hinwies, auf dem in ausgeblichenen roten Lettern stand „Holzkunst zu versaufen". Ursprünglich hieß es natürlich „verkaufen", jedoch war das „k" mit der Zeit verblasst und im letzten Fasching, wahrscheinlich von Jugendlichen oder vom Meier, durch ein blaues „s" ersetzt worden. Sein Warenangebot bestand aus Vogelhäusern, Insektenhotels und kleinen Kunstwerken, die dem Thomas zufolge einen assyrischen Einschlag hatten, wobei der Moser sich ziemlich sicher war, dass der Thomas keine Ahnung von den Assyrern hatte und diese wahrscheinlich für einen Indiostamm im Amazonas hielt.

Vor allem aber war der Moser bescheiden – bis auf den Bierposten, der sich zum Monatsende regelmäßig ein Kopf-an-Kopf-Rennen mit seinen Krankenkassenbeiträgen lieferte, hatte er keine größeren Ausgaben. Womit er eigentlich eher ein Überlebenskünstler war, denn das Wichtigste beim Überleben ist bekanntlich, sich auf das Wesentliche zu konzentrieren.

Diese materielle Bescheidenheit des Moser beruhte auf einer Mischung aus katholischer Prägung – als Kind fand er Heilige wie Augustinus und Franziskus beeindruckender als etwa einen Roy Black oder Rummenigge und es war für ihn völlig unverständlich, dass die Großkopferten die fleißigsten Kirchgänger waren und immer am nächsten zum Altar saßen, wo sie doch von Tugenden wie Demut und Bescheidenheit am weitesten entfernt waren, und wenn ein Kamel nicht durch ein Nadelöhr ging, dann tat es ein Bentley schon zweimal nicht – und tatsächlicher Armut. Letztere ergab sich aus seinem Unwillen, sich in den warmen Schoß eines Angestelltenverhältnisses zu begeben, sprich einem Freiheitsbedürfnis, das seinen Preis hatte, indem es ihn von einigen sozialen Errungenschaften der Moderne wie bezahlten Urlaubs- und Krankheitstagen ausschloss, deren Preis wiederum in dem lag, was Marx als Selbstentfremdung bezeichnet hatte. Was dazu führte, dass der Moser sich zunehmend gegenüber den anderen entfremdete.

3. Ich bin Rentner. Von der Rente, die sich in seinem Fall in einem niedrigen zweistelligen Bereich bewegen würde, war der Moser noch ein paar Jahre entfernt. Die Aussage trug jedoch zumindest der Tatsache Rechnung, dass er sein Leben mehr oder weniger eigenwillig gestaltete und sich, wie oben bereits gesagt, eher von den anderen als von sich selbst entfremdete, wobei letzterer Prozess bei vielen Rentnern ja bereits abgeschlossen war, womit sie sich auf jener Stufe der menschlichen Existenz befanden, nach der aus irdischer Sicht nichts mehr kam und man dem bajuwarischen Glauben zufolge entweder nach oben entschwebte oder vornüber kippte und in einer Erdspalte versank. Diese dritte Antwort war Menschen vorbehalten, die dem Moser wenig sympathisch, suspekt oder völlig egal waren.

Zu den wenigen positiven Seiten der Corona-Zeit gehörte es, dass ihm die Berufsfrage weitestgehend erspart blieb. Nach Einführung der Maskenpflicht verlief die Kommunikation mit fremden Personen in der Regel nonverbal durch mimische Facetten oberhalb des Nasenflügels, was erstaunlich gut funktionierte, schließlich konnte man mit Blicken nicht nur eine Tötungsabsicht adressieren oder mehr als tausend Worte sagen, man konnte auch sehr differenziert mit den Augen lächeln und lachen – die textile Gleichschaltung der unteren Gesichtspartie stellte dahingehend kein Manko dar, sondern brachte sogar eine größere Fälschungssicherheit mit sich, da ein Funkeln in den Pupillen deutlich weniger manipulierbar ist als Mundwinkel. Außerdem waren phasenweise überdurchschnittlich viele Menschen daheim, so dass man nicht mehr pauschal als Schulschwänzer oder arbeitsscheuer Gratler abgestempelt wurde, wenn man im Prä-Greisenalter tagsüber spazieren ging. Oft gefragt wurde hingegen, wie man durch die Krise komme – eine Frage mit einer finanziellen und psychologischen Dimension.

In beiderlei Hinsicht erwies sich die Kombination aus Subsistenzwirtschaft und prekärem Kunsthandwerk als recht krisenfestes Konzept. Der Moser war beschäftigt, eine wichtige Voraussetzung für zumindest halbwegs gesundes Grübeln. Und bezüglich der Finanzen konnte er am Ende des Jahres sogar ein leichtes Umsatzplus verzeichnen, was sich einerseits aus den weitgehend ausgebliebenen Ausgaben in der Wirtschaft ergab, die er durch den heimischen Konsum nur partiell kompensieren konnte, zum anderen aus einer wundersamen Begegnung, die er im Frühjahr hatte.

Es war ein grauer Nachmittag Ende März und der Moser gerade dabei, leere Biertragerl in seinen Golf zu puzzeln, da sah er ein Auto unten an der Straße halten. Das Auto setzte kurz zurück, dann vor und wieder zurück, und heraus stieg eine Frau. Die Dame, sie mochte in etwa so alt wie er oder ein paar Jahre jünger sein und trug einen moosgrünen Wintermantel sowie einen markanten gelben Hut, was ihrem Auftritt angesichts der Tagestristesse eine floralstrahlende Note verlieh, sah sich kurz um und marschierte dann schnurstracks die Einfahrt zu ihm hoch. Der Moser schloss den Kofferraumdeckel, schob mit dem Fuß unauffällig ein Biertragerl aus dem Sichtfeld und rückte seine inzwischen – weniger in Sachen Fülle und Volumen als in Hinblick auf Struppigkeit – ziemlich beachtliche Coronamähne zurecht.

Die Besucherin blieb ein paar Meter vor ihm stehen, lächelte und hob leicht den Hut, wobei sie den Blick auf seidenfeines braunes Haar freigab, das im Nacken zu einem Knoten zusammengebunden war, und da eine Reaktion ihres stocksteif dastehenden Gegenübers ausblieb, fragte sie den Moser, ob er der Holzkünstler wäre, von dem sie gehört hatte. Das Schild deute zwar darauf hin, hätte sie jedoch etwas irritiert.

Dabei hatte sie ein lustiges Funkeln in den Augen, das dem Moser gleich gefiel, was ihn wiederum nervös machte, da seiner Erfahrung nach Gefallen in Verbindung mit Frauen die Gefahr eines emotionalen Sturzfluges barg, das steckte ja quasi schon im Wort. Außerdem zeigte ihm sein automatisiert daraus resultierendes Bemühen, dem gefälligen weiblichen Wesen zu gefallen, eine Bedürftigkeit auf, die ihm nicht gefiel. Dieses Missfallen wurde begleitet von einer lebenslangen Talentlosigkeit, im Tanz der Geschlechter den Takt zu halten. Hier spielte sicherlich eine Rolle, dass er bei den eh seltenen Gelegenheiten des Kennenlernens vor der dritten Halbe verbal stillstand und nach der fünften eine linguale Schlagseite bekam, weshalb er solchen Situationen inzwischen einfach aus dem Weg ging.

Nach einer Weile merkte der Moser, der in seiner Nervosität gedanklich weit ausgeschweift war, dass die Dame immer noch auf eine Antwort wartete, wobei sie ihren Kopf langsam zur Seite neigte, und es musste einige Zeit verstrichen sein, weil er schon fast auf drei Uhr stand. Er nickte eifrig und führte sie in die Doppelgarage, deren ungenutzte Hälfte er als Lager nutzte, das er in einer durch Starkbier induzierten Sternstunde euphemistischer Verklärung zum Ausstellungsraum deklariert hatte, obwohl Lager schon reichlich beschönigend war. Die Werke von Jahren türmten sich in den Ecken, stapelten sich auf Tischen und quollen aus kreuz und quer stehenden Regalen, die den Raum in verschiedenste Vielecke zerschnitten, so dass sich die Passage der an sich kleinen Fläche als eine Art Labyrinthdurchquerung mit Limbo-Einlagen gestaltete. Zumindest mangelte es nicht an Auswahl.

Bedächtig und mit erstaunlicher Eleganz glitt die Dame von einem Stück zum nächsten, drehte das ein oder andere in den Händen und gab ab und an ein anerkennendes „Ah" oder „Oh" von sich. Schließlich blieb sie stehen, zog ihr Portemonnaie aus der Tasche und meinte, sie würde alle fünf Vogelhäuser kaufen, zudem die Vogeltränke aus dem Augustinerfassboden und zwei der fantastischen Futterhäuschen, deren Bemalung ihrer Ansicht nach starke Reminiszenzen an assyrische Kunst aufweise.

Der Moser, der während ihrer Begutachtung aufgeregt vor der Garage auf und ab gelaufen war und ihre „Ahs" und „Ohs" wechselweise mit verzückten Grunzlauten und ausschweifenden Erläuterungen kommentiert hatte, fragte unsicher nochmal nach und holte dann eine Schubkarre aus dem Garten. Und weil er einerseits vom Sachverstand der Frau ganz angetan war – zumindest hat er das dem Meier gegenüber so formuliert, in Wahrheit wog das Erleben weiblichen Charmes und persönlicher Anerkennung, beides auch in coronafreien Zeiten eindeutig Desiderate im moserschen Kosmos, wohl ungleich schwerer – und andererseits ein miserabler Händler war, machte er ihr einen guten Preis und legte ein Windspiel obendrauf. Eine Weile stand er noch unten an der Straße und blickte auf die Kurve, hinter der das Auto verschwunden war, dann schob er seufzend die Schubkarre die Einfahrt hinauf und fuhr zum Getränkemarkt.

Wenn der Moser in den folgenden Monaten auf seiner Terrasse saß und biertrinkend Vögel beobachtete, dann dachte er manchmal an die Frau mit dem gelben Hut. Vielleicht saß sie ja gerade ebenfalls im Garten und erfreute sich an der Gesellschaft der bunten Piepmätze, die von Corona und dem menschlichen Treiben allgemein gänzlich unbeeindruckt nach Futter pickten und fröhlich vor sich hin zwitscherten.

Der Toni war im Nachhinein auch ganz zufrieden mit sich. Seine Cousine schloss ein weiteres Treffen mit dem schrägen Künstler zwar kategorisch aus, die Jugendabteilung des Vogelschutzbundes in ihrem Ort zeigte sich jedoch sehr erfreut über die unerwartete Sachspende und er hatte einen Beitrag zur Unterstützung von Soloselbstständigen geleistet.

SPIEGELWELTEN

Der Moser besaß einen sehr großen Garten, der sich wuchernd um das Haus zog – ein verschlungenes Gewirr photosynthesierender Biomasse, das von kleinen Wegen, Holzstapeln und Gemüsebeeten zerschnitten wurde und zur Straße hin in einem Meer aus Sträuchern und Girsch abfiel. An strategischen Stellen, beispielsweise unter einem Obstbaum, der nicht nur Schutz vor der Sonne, sondern überhaupt erst freien Raum für ein größeres Wirbeltier bot, hatte er Gartenstühle und das ein oder andere Tischchen platziert. Des Weiteren hingen überall Exempel seiner Holzschnitzkunst herum, die dem Garten einen leicht archaischen Touch verliehen, sowie aus seinem Haus entfernte Dinge wie eine alte Pendeluhr, die einen skurrilen bis schlampigen Charme entfalteten.

Einmal hatte der Moser beschlossen, einen alten Spiegel in seinem Garten aufzustellen, den er einst von einer Tante bekommen hatte. Da führte er dann seine Besucher hin und sagte, sie könnten sich da eine Reflexion abholen. Der Spiegel war groß, oval und hatte einen goldenen Brokatrand, der so brüchig und lückenhaft war, dass er ihn an das Gebiss seiner Oma erinnerte, das ihm als Kind immer einen solchen Schreck eingejagt hatte, dass er sich nach jeder Mahlzeit zehn Minuten die Zähne putzte – dabei entbehrte es nicht einer gewissen Ironie, dass seine Oralhöhle inzwischen einer von Plomben und Kronen durchsetzten Gebirgslandschaft ähnelte, weil er sich über die Jahre den ganzen Schmelz weggeschmirgelt hatte.

Jedenfalls fragten die Besucher damals immer, wo jetzt die Reflexion in dem Spiegel wäre, der bald so eingewachsen war, dass nicht mal mehr die Sonne viel zu reflektieren hatte. Der Moser sagte dann, sie sollten doch mal hineinschauen, denn wenn man sich selbst lang genug im Spiegel betrachte, dann erkenne man immer mehr kleine und große Fehler in seinen Zügen, und wenn man das so von sich weg und in einen größeren Zusammenhang reflektiere, dann sei das doch eine wichtige Erkenntnis, dass alle Menschen fehlerhaft und keiner perfekt sei. Auf jeden Fall könne man sich viel damit erklären – zum Beispiel, warum sich die Anni damals vom Thomas hat ausspannen lassen oder manche Brauer ihr Gesöff Bier nannten, obwohl es schmeckte, als hätte jemand alte Socken in echtes Bier geworfen und das Ganze ein paar Wochen in einem Keller vergessen, in dem eine Ziegenherde vor sich hin verweste. Die meisten waren wenig beeindruckt, worin der Moser einen zwingenden Beweis für seine These sah. Am besten verlief noch das Gespräch mit dem Meier, der meinte, das merke er schon an seinem Morgenstuhl, wenn er mit dem Moser mal wieder zu viel Bier getrunken hätte, weil dass der Mensch so stinken könne, das sei in einer Welt, die für ihre Gäste regelmäßig den Duft von Rosen und Schweinsbraten auffahre, schon ein ganz schönes Armutszeugnis, und als er mal beim Moser auf der Toilette war, da hätte er gemerkt, dass der auch nicht besser wäre. Darüber hatte der Moser eine Weile nachgedacht und seitdem kippte er immer das Fenster im Klo, bevor der Meier kam.

Wie bereits erwähnt und allseits bekannt, war es im Frühjahr des Corona-Jahres eine Zeitlang so, dass keiner in seinen Garten durfte, weshalb der Moser einen Weg durch den Girsch zum Gartenzaun getrampelt hatte, um im Rahmen von Abstandshalben den Besuch des Wirtshauses oder gemeinsame Grillabende zu substituieren – eine aus dem Kompromiss von Infektionsschutz und Sozialität geborene Gepflogenheit, die er bis auf wenige Ausnahmen auch nach dem ersten Lockdown beibehielt. Dem Moser war dabei nicht ganz klar, ob es Zufall, Fügung oder der Voraussicht des RKI zu verdanken war, dass die Armlängen zweier Erwachsener in etwa dem Mindestabstand von 1 Meter 50 entsprachen, wodurch Anstoßen theoretisch weiterhin möglich war. Er empfand es jedoch als stimmig, auch wenn es in der Regel bei einem Fernprost blieb.

Eines schönen Tages im März nun kam der Franz zum Moser, um sich ein paar Rollen Klopapier zu borgen. Der Moser, der einerseits als partieller Selbstversorger eine gedankliche Schnittmenge mit den

Preppern hatte und andererseits unter dem Damoklesschwert des Kalten Krieges sowie der allzeit latenten Gefahr einer Atomkatastrophe gealtert war, darüber hinaus eine tiefe Skepsis gegenüber der Idee des ewigen Wachstums hegte und als belesener Eigenbrötler das Genre der Dystopie nicht ausgespart hatte, hatte sich rechtzeitig bevorratet. Ein rein prophylaktisches Vorgehen, das man ihm nicht vorwerfen konnte – schließlich hatte er es vor der Masse und schrittweise bewerkstelligt, indem er über zehn Wochen bei jedem Einkauf zusätzlich ein paar Konserven, ein extra Tragerl Bier und eine Packung Klopapier erwarb, weshalb es wegen ihm nie zu einem Engpass kam und er auch keiner der klassischen Hamsterer war, die immer gleichzeitig und in Horden auftraten, jedoch bei einer gewissen Rationierung ein paar Wochen über die Runden kommen würde. Außerdem war er jederzeit bereit, notleidenden Freunden etwas abzugeben – zum Beispiel dem Franz, der sich mit dem plötzlichen Mangel konfrontiert den Hintern seit Tagen mit der Bildzeitung abwischte und schwärende Wunden am Schließmuskel davongetragen hatte, so dass er keine fünf Minuten mehr schmerzfrei sitzen konnte.

Der Moser reichte dem Franz zwei der wertvollen Papierrollen über den Zaun und ließ eine Halbe folgen, die er vorsichtig am Flaschenboden hielt, denn man wusste ja nie, und besonders wenig wusste man in der Anfangszeit der Pandemie, in der man noch die Vogel- und die Schweinegrippe im Hinterkopf hatte, die schnell und ohne schwere Folgen wieder aus der öffentlichen Wahrnehmung verschwunden waren, angesichts der politischen Reaktionen jedoch schon ahnte, dass es diesmal arg werden würde. Er ging zwar nicht so weit wie der Toni, der aus Angst vor einer Schmierinfektion seinen gesamten Einkauf und jede Türklinke mit Frosch-Glasreiniger desinfizierte, der hauptsächlich aus Alkohol bestand und somit ein ebenso günstiges wie probates Viruzid darstellte. Er ging ein paar Wochen einfach gar nicht mehr Einkaufen.

Die beiden redeten über die schrecklichen Bilder aus Bergamo und über das, was der Gesellschaft möglicherweise noch bevorstand.

Da einem als virologischen Laien nur die Spanische Grippe als historischer Bezugspunkt zur Verfügung stand, landeten sie schnell bei einem Vergleich der Umstände damals und heute, dem nach einem kleinen Exkurs in den Ersten Weltkrieg und die Globalisierung ein Diskurs über kulturelle Unterschiede folgte, mit denen man sich die höheren Todeszahlen der südlichen Nachbarn zu erklären suchte. Und da das alles letztlich Kaffeesatzleserei war, machten sie sich noch ein Bier auf.

Der Moser traf den Franz nur selten, aber wie immer genoss er seine Anwesenheit. Der Franz war das, was man gemeinhin einen feinen Kerl nannte. Er war sogar so fein, dass man beim Gespräch mit ihm aufpassen musste, dass man den Franz nicht aus Versehen einschnaufte oder wegpustete. Der Moser war mit ihm auf dem Gymnasium gewesen und bereits damals war er etwas sonderlich. Zwar spielte es Anfang der 70er noch keine große Rolle, dass seine Hosen immer ein paar Nummern zu groß waren und zur Hälfte aus Flicken bestanden, da der Konsum noch in halbwegs maßvollen Bahnen verlief und Kinder als Zielgruppe noch nicht erschlossen, sondern weitgehend tabu waren – eine Tatsache, über die der Moser oft nachdachte, schließlich sagte es viel über eine Gesellschaft aus, wenn sie ihre schutzbedürftigsten Mitglieder aus der unverschuldeten Unmündigkeit direkt in den konsumistischen Mahltopf warf. Zumindest schien eine totalitaristische Ökonomie Revolutionen im Appetit in nichts nachzustehen, wenn es darum ging, Kinder zu fressen.

Aber der blasse verträumte Junge verhielt sich anders als die anderen. Und das war auch damals schon fatal, denn Teenager riechen Unsicherheit wie Hunde und wie in jeder geschlossenen Gruppe mit hierarchischer Struktur gibt es auch in einer Schulklasse meist ein gepicktes Huhn, das sogar noch unter dem Klassenkasperl und dem Klassendepp steht – ersterer war übrigens der Toni, letzterer der Hinterhofer, während der Moser eine relativ unbeachtete Nebenrolle als verträumter Außenseiter einnahm. Jedenfalls ging der Franz immer als erster ins und als letzter aus dem Klassenzimmer, verbrachte die Pausen vorwiegend auf dem Klo und entwickelte generell eine Meisterschaft darin, sich unsichtbar zu machen. Irgendwann wusste man gar nicht mehr, ob die anderen ihn hänselten, weil er so komisch war, oder ob er so komisch war, weil die anderen ihn hänselten.

Die meisten Lehrer bekamen das zwar mit, gingen der Sache jedoch nicht weiter nach. Einzig die alte Frau Reinhard, die eine Nummer auf ihrem linken Unterarm eintätowiert hatte, was der Moser damals noch nicht verstand, lud einmal die Eltern vom Franz in die Sprechstunde ein. Am nächsten Tag hatte sie dunkle Schatten unter den Augen. Sie hat den Franz nach der Stunde zu sich zitiert und lange mit ihm geredet, wobei er eigentlich nur pausenlos geweint hat. Von da an steckte sie ihm ab und an heimlich eine Tafel Schokolade und später eine Schachtel Zigaretten in den Ranzen, mit denen der Franz die Jungs bestechen konnte, die ihn vor der Schule abfingen.

Nach der Schule landete der Franz dann bei der Raiffeisenbank. Dort saß er in maximal möglichem Abstand zum Banktresen vor seinem Bildschirm und bearbeitete Excel-Tabellen – ein unscheinbares blasses Männlein in einem grauen Kaufhausanzug, der ihn noch unscheinbarer machte, so dass die meisten einfach durch ihn hindurch- oder über ihn hinwegsahen.

Der Moser hätte nun gedacht, dass der Franz unter der Situation litt, aber abgesehen von seinem Ausschlag am Gesäß kam der dem Anschein nach erstaunlich gut mit den Umständen zurecht. Und er war damit nicht allein: In dieser frühen Phase kam es zu einer seltsamen Umkehr der Verhältnisse, so litten Partygänger weit mehr unter dem ersten Lockdown als soziophobe Gamer und der gemobbte Schüler konnte kurz aufatmen, während den coolen Kids die Bühne fehlte. Kurzum – wer Einsamkeit gewohnt war und Schwierigkeiten in der Öffentlichkeit hatte, kam mitunter besser zurecht als jemand, der sich in der Öffentlichkeit wie ein Fisch im Wasser bewegte und im reizarmen Milieu der eigenen vier Wände nach Luft schnappte. Auch das Stadt-Land-Verhältnis veränderte sich. Während es zuvor Landmenschen oft in die Stadt zog, um in größerem Maße an bestimmten Formen des prallen Lebens zu partizipieren, die bevorzugt im urbanen Umfeld gediehen, beispielsweise Kino, Clubs und Kultur, strömten nun das ganze Jahr über Städter aufs Land, um den im Lockdown verlangsamten Pulsschlag der Stadt durch Spaziergänge und Sport zu kompensieren, genossen Ruhe und Natur und sogen Landluft in ihre lechzenden Lungen, die wegen Corona zwar nicht weniger nach Odel stank, aber plötzlich frei machte.

Manche Sachen blieben auch gleich. Dem Moser war durchaus bewusst, dass er selbst in einer gewissermaßen privilegierten Situation war – immerhin lebte er in einem Haus auf dem Land, hatte einen Garten und den Keller voll mit Klopapier und Bier, während manche Familie in der Stadt in sehr beengten Verhältnissen hauste und sich mit Taschentüchern behelfen musste. Wer ein Eigenheim besaß, stand vor, während und sicher auch nach der Pandemie besser da als jemand, der in einer kleinen Mietwohnung lebte. Reiche kamen in der Regel besser durch die Krise und oft sogar noch reicher aus ihr heraus.

Aber die Pandemie machte vieles erst sichtbar. Sie ermöglichte einen Blick auf die diversen Facetten der Gesellschaft, auf verschiedene Lebenssituationen und Charaktere. Im Großen zeigte sich, wie komplex die Strukturen waren und welchen Abhängigkeiten und Kausalitäten sie unterlagen. Im Kleinen, wie unterschiedlich Lebenskonzepte waren und wie sehr jeder in seiner eigenen Welt lebte. Die Ausnahmesituation leitete quasi eine Reflexion über die Funktionsweise und den Zustand der Gesellschaft und ihrer Individuen ein.

Inzwischen war es dunkel geworden und der Moser verabschiedete sich mit einem angedeuteten High Five beim Franz. Ein kurzer Blick auf den Bierflaschenberg verdeutlichte ihm die sysyphöse Sinnlosigkeit eines spontanen Aufräumversuchs und er beschloss, morgen mit einem leeren Tragerl wiederzukommen. Während er in Schlangenlinien Richtung Terrassentür steuerte, dachte er sich, dass oft erst das Ungewohnte, das den Alltag durchbricht, es ermöglichte, jenseits der gewohnten Bahnen zu denken, für einen Wimpernschlag innezuhalten und zu erkennen, wer man war und wo man stand. Sein Spiegel im Garten war dahingehend schon der richtige Ansatz, im Vergleich zur Pandemie aber halt doch nur ein Stück Glas.

DIE KRISE ALS BÜCHSE
UND FÜLLHORN

Der Moser gehörte weder zu jenen, die in den ersten Monaten der Krise mit der Erkenntnis konfrontiert wurden, dass die Früchte ihrer Fortpflanzung ganz schön anstrengend sein konnten, wenn man ihnen den ganzen Tag ausgeliefert war, oder die sich im plötzlichen Überfluss geteilter Stunden, die der Lockdown über sie ausschüttete, fragten, ob das unverrückbare Schattenwesen im Raum, das ihnen die Luft zum Atmen nahm, tatsächlich das Ergebnis einer validierten Partnerwahl darstellte, noch zu jenen, die sich plötzlich im Homeoffice wiederfanden und feststellten, dass sie die platten Sprüche des Kollegen und die als Parfüm gehandelte olfaktorische Belästigung der Kollegin vermissten.

Er arbeitete alleine und lebte alleine, wodurch er zu jener ebenso privilegierten wie prekären Gruppe gehörte, die ein gewisses Maß an Einsamkeit zumindest gewohnt war, zum Teil daran litt und zum Teil diese brauchte, für die gesellschaftliche Zusammenkünfte dadurch jedoch zugleich elementar waren, um eine komplette Eremitage mit der Folge zunehmender Sonderlichkeit zu umschiffen. Der Moser war ein Hausstand. Und da seine Freunde entweder genauso verschroben oder lange genug verheiratet waren, dass ein Treffen unter Freunden eine ebenso seltene wie ersehnte Flucht vor den häuslichen Umständen darstellte, beschränkten sich seine Kontakte gemäß der Frühjahrsregelung auf Einzelpersonen.

Diese Situation erlaubte zwar keine große Geselligkeit, ermöglichte aber eine seltene Tiefe der Gespräche. Dabei fiel dem Moser auf, dass sich bei Menschen, denen gravierende Missstände der Zeit bewusst waren und die selbst die Erfahrung gemacht hatten, dass Krisen immer auch eine Chance für Veränderung bargen, eine nur auf den ersten Blick unpassende Perspektive hinzugesellte: Eine zarte Hoffnung auf gesellschaftliche Erkenntnisse und ein Umdenken, die immer konfrontiert war mit der grundlegenden Skepsis unserer Gegenwart und dem Wissen um die Komplexität der modernen Welt, die maßgeblich durch abstrakte Wachstumsgedanken und wirtschaftliche Interessen bestimmt war, die wiederum so verflochten waren, dass der gordische Knoten dagegen ein Klettverschluss und das Schwert zur Lösung nicht mal eine Nadel im perspektivischen Heuhaufen, sondern schlicht Utopie zu sein schien.

Tatsächlich hatte der Lockdown anfangs einen utopischen Touch. Der Himmel war erstmals seit Mosergedenken frei von Flugzeugen und es waren kaum Autos auf den Straßen, dafür sah man im April plötzlich viel mehr Menschen, die sich an der frischen Luft bewegten. Die Ruhe wirkte in den ersten Tagen gespenstisch, dann zunehmend befreiend.

Der Moser sah in der veränderten Situation einerseits eine Reminiszenz an eine nicht allzu ferne Vergangenheit, in der das Landleben sich noch unmittelbar vor Ort abspielte, und er dachte sich, dass es schon irgendwie komisch war, dass der moderne Alltag sich größtenteils in zwei Mauerschachteln abspielte, zwischen denen man in einer blechummantelten Schachtel pendelte und in den Pausen zwischen den Phasen des Wohnens und Arbeitens eingeschachtelt irgendwohin fuhr oder flog, so dass die direkte Umgebung an Bedeutung verlor, was man ihr vielerorts auch ansah. Selbst die Häuser auf dem Land wurden zunehmend trister: Kaum mehr blühende Gärten, in denen es summte und brummte und bunte Wäsche an der Leine flatterte. Stattdessen fuhr der Arbeitnehmer an seinem Steingarten vorbei direkt in die Garage, von der er das Haus betrat, wo er entweder vor dem Fernseher versackte oder zum Freizeitmensch metamorphosierte, der wieder in das Auto stieg und ins Fitnesscenter oder sonst wohin fuhr. Die Wäsche landete im Trockner – und das Einzige, was im Garten von Leben zeugte, waren ein abgedeckter Grill und ein verwaistes Trampolin.

Andererseits sah der Moser in der neuen Situation auch Hoffnung für die Zukunft. Ganz grundsätzlich durchbrach sie das seit Jahren herrschende Dogma der Alternativlosigkeit und zeigte auf, dass die Grenzen des Machbaren weiter gesteckt waren, als die Apologeten des „Weiter so" es einem glauben machen wollten. Ganz individuell bot sie die Möglichkeit zur Besinnung auf wesentliche Dinge des Lebens und verband trotz Kontaktbeschränkungen als gemeinsame Erfahrung, über die man sich austauschen konnte. In vielen Gärten sprossen Hochbeete, das Brotbacken erfuhr einen Boom und noch nie war der Moser auf seinen Ausflügen so vielen Fahrradfahrern begegnet.

Das Drosseln des gesellschaftlichen Motors hatte jedoch nicht nur sicht- und hörbare Folgen. Viele erlebten das erste Kapitel in der unendlichen Geschichte der Pandemie zumindest kurzzeitig als eine Reduktion von Stress und Hektik – eine Verlangsamung der Zeit, die noch keine Lethargie, sondern ein Aufatmen darstellte.

Einige milderten die Entzugserscheinungen der Entschleunigung, indem sie erst einmal die Wohnung neu strichen, die seit Jahren aufgeschobene Entrümpelung des Kellers angingen oder zum ersten Mal einen vorsichtigen Blick in den Dachboden warfen. Andere sortierten ihr soziales Umfeld neu, überdachten Gewohnheiten oder besannen sich auf langgehegte Vorhaben. Die zusätzliche Zeit für die Familie wurde von vielen noch als Gewinn gesehen und die Lage in den Krankenhäusern war noch nicht sehr viel katastrophaler als sonst.

Auch in sozialer Hinsicht wirkte das allgemeine Innehalten anfangs mitunter entspannend. So bot die Pandemie eine probate Erklärung, ungeliebten Pflichtterminen ohne schlechtes Gewissen und üble Nachrede zu entrinnen. Beim Moser war das im Wesentlichen der Geburtstag der Tante Marie, bei dem anstatt von Bier lauwarmer Kamillentee serviert wurde und die Gespräche um Beerdigungen, Operationen und Stuhlgang kreisten – eine konversative Vorhölle, unterbrochen lediglich von ausschweifenden Lobestiraden auf seinen Cousin Max, der einen Doktortitel hatte, diesen und jenen von Rang und Namen kannte und in einer Villa wohnte, deren

Eingangsportal von vier gigantischen Zwillingssäulen gestützt wurde, die Eleganz verkörpern sollten, für den Moser jedoch nur Ausdruck von Protz und jener Großmannssucht waren, die seinen Cousin bereits im Sandkasten zu einem äußerst unbeliebten Spielkameraden gemacht hatten, weil er den anderen Kindern immer den Sand klaute, um den größten Turm zu bauen. Vielleicht hatten sie auch Phalluscharakter oder standen für seine vier gescheiterten Ehen, aber der Moser wollte sich nicht zu weit aus dem Fenster lehnen. Aus Sicht seiner Tanten jedenfalls war der Max ein angesehener und verdienter Mann. Und obschon er körperlich nie präsent war, schwebte er stets als stummer Vorwurf über dem Moser, weil die alten Schachteln ihn immer unverhohlen anstarrten, wenn sie den großen Max priesen, bis ihm schließlich der Kragen platzte und er einwarf, dass der Max vielleicht nach den Maßstäben von Prestige und Pinke erfolgreich, menschlich jedoch ein Würstchen wäre – ein windiger Waffentandler und Spekulant mit der Empathie einer tasmanischen Riesenkrabbe.

Was jedes Mal zu einem Sturm der Entrüstung führte, in dessen Verlauf viel nach Luft geschnappt und auf die armen Eltern vom Moser reminisziert wurde, der sich dann verzog, wobei ihm ungeachtet seines Protestes immer noch ein Stück Kuchen zugesteckt wurde, den er zuhause an die Hühner verfütterte, nachdem er ihn vorsorglich mit einem Liter Wasser angerührt hatte, damit die nicht daran erstickten.

Der Moser ließ sich also bei der Tante Marie entschuldigen und nutzte den freigewordenen Tag, um den Toni zu einem Frühschoppen an den Gartenzaun zu laden. Dieser war selbst der Ausstellung eines Architektenkollegen entgangen, dessen Charakterisierung man sich sparen konnte, weil er das Haus vom Max entworfen hat. Der Toni packte sein Weißbierglas aus und ließ sich vom Moser eine gut gekühlte Halbe reichen. Er begann mit einem seiner Lieblingsthemen, der Statik von Segelschiffen, und schwenkte von dieser auf die gesellschaftliche Statik über, die seiner Ansicht nach in einem desolaten Zustand war.

Die Krise würde zeigen, dass das System kriselte, wobei System ja nur ein unscharfer Oberbegriff für das wäre, wie ein großer Teil der Menschen zusammenlebte und wirtschaftete. Er fing bei den globalen Lieferketten an, schlug einen Bogen über die abgehobene Finanzwirtschaft und den ausufernden Lobbyismus hin zum Vertrauensverlust in die politischen Institutionen und landete schließlich beim Individualismus, der als befreiender Aufbruch begonnen hätte, nun jedoch zunehmend in Vereinzelung und Verunsicherung münden würde.

Der Putz brösle von den Wänden und man könne erkennen, wie locker die Ziegelsteine darunter seien. Dabei zeige die Pandemie, dass Solidarität durchaus möglich sei. Und kooperatives Verhalten hätte sich in der Menschheitsgeschichte ja auch bewährt. Andererseits sei der Mensch an sich gar nicht für so große Gruppen geschaffen. Wolle man einigen Wissenschaftlern glauben, wäre er kognitiv auf den Umgang mit maximal etwa 150 Individuen beschränkt, das wäre die sogenannte Dunbar-Zahl, wobei dieser Dunbar sicher den Meier nicht kannte, sonst hätte er die Zahl sehr viel niedriger angesetzt.

Gerade die Stadt mit ihren unzähligen Menschen, Möglichkeiten und Reizen hätte sich weit von der ursprünglichen Umgebung entfernt, die der Sapiens bis zu einem gewissen Grad brauche, um sich wohlzufühlen. Weil im Grunde wäre der Mensch in Bezug auf sein Gehirn halt noch ein Jäger und Sammler – schließlich machte diese Zeit über 99 Prozent der Menschheitsgeschichte aus.

Der Toni schlürfte nachdenklich an seinem Weißbier. Evolutionspsychologen würden davon ausgehen, fuhr er fort, dass der Übergang zur Sesshaftigkeit und die Entwicklung unserer Zivilisation so schnell verliefen, dass sich die veränderten Rahmenbedingungen und neuen Erfordernisse nur teilweise in den Genen niederschlagen konnten. Das Gehirn wäre quasi immer noch für die Stammesgeschichte programmiert. Das zeige sich nicht nur an biologischen Urängsten wie der vor Schlangen oder Spinnen, sondern auch an der Wahrnehmung und an pragmatischen Problemlösungsstrategien, die der Komplexität moderner Krisen mitunter nicht mehr gewachsen seien. Er müsse da an den Zoologen Rupert Riedl denken. Diesem zufolge umfasse das im Lauf der Evolution erworbene und weitervererbte biologische Wissen vier Hypothesen, die der menschlichen Vernunft vorgeschaltet wären und zweckmäßige Voraus-Urteile erlaubten. Eine wäre das „Anscheinend Wahre" – die Erwartung, dass Erfahrungen sich unter bestimmten Bedingungen wahrscheinlich wiederholen, sprich künftige Ereignisse prognostizierbar seien.

In der Regel wären diese Hypothesen immer noch sinnvoll und wichtig. Da sie für einfachere Lebenswelten geschaffen seien, stießen sie bei komplexen Problemen jedoch an ihre Grenzen – das „Anscheinend Wahre" beispielsweise bei der Prognose, mehr Wachstum sei automatisch mit mehr Wohlstand verbunden. Dies ließe sich folgendermaßen exemplifizieren: Fischfang bringt Gewinn. Mehr Fischfang bringt mehr Gewinn. Die Erfahrung bestätigt sich und wird wiederholt, irgendwann sind die Bestände jedoch überfischt. Das Resultat ist ein Verlust an Arten und Arbeitsplätzen. Auch in Sachen Klimawandel würden die alten Denkmuster für eine Diskrepanz zwischen Erkennen und Verhalten führen.

Der Moser nickte und meinte, das sehe man schon am Dietmar, der gehe ja immer davon aus, dass es schon gutgehen würde, wenn er betrunken nachhause fuhr, weil es sooft gutgegangen war, aber dass das nicht mehr lange gutginge, wäre absehbar.

Richtig, meinte der Toni, und am Dietmar zeige sich auch gut das Problem eines linearen Kausalitätsdenkens, schließlich könne er oft nicht mehr geradeaus laufen und falle dann auf die Schnauze. Inklusive der Abstürze vom Dietmar seien die meisten Ursachen und Wirkungen äußerst komplex, hätten ihrerseits Ursachen und Wechselwirkungen. Vieles sei kausal verwoben, was man auch immer mehr erkenne – sei es in der Medizin, in der Wirtschaft oder in der Ökologie. Diese Verwobenheit nun erfordere ein neues Denken in

Kreisen und Kreisläufen, das bereits im Entstehen sei und seiner Meinung nach den nächsten Schritt in der Evolution des Homo sapiens darstelle. Und um nochmal den Riedl zu zitieren, der hätte gesagt, dass unser Überleben davon abhängen würde, dass wir schneller weise als mächtig werden.

Spannend sei auch, und an dieser Stelle schenkte er sich noch ein Weißbier ein, dass sich das ganze Thema in einem neuen Trend spiegle – dem Neotribalismus. Einige Menschen der Postmoderne verfielen angesichts der emotionalen Entwurzelung zurück auf archaische Formen der Vergemeinschaftung. Sie bildeten kleine Lebensgemeinschaften mit quasi stammesähnlichen Strukturen, sogenannte Neo-Tribes.

Der Toni schweifte nun in sehr moserischer Weise aus und ab. Er erzählte, dass die Entwicklung des Menschen keineswegs eine Linie war, in der immer eine Art aus der anderen hervorging. Tatsächlich hätten lange Zeit mehrere Menschenarten nebeneinander existiert, bis sich der Homo sapiens durchsetzte, und wie das vonstattenging, das läge wohl auf der Hand. Zumindest wäre es bezeichnend, dass dieser Sachverhalt keinen Platz im kollektiven Gedächtnis hatte, wobei er die These aufgestellt hätte, dass Fabelwesen wie Orks und Hobbits keineswegs nur der Fantasie entsprungen wären, sie seien vielmehr Verbildlichungen dieser ermordeten Verwandten – er dächte da beispielsweise an den grobschlächtigen Neandertaler und den kleinwüchsigen Homo floriensis –, da sich Verdrängtes auf Dauer nicht in den Tiefen des Unterbewusstseins halte, sondern immer in irgendeiner Form nach oben schwemme, das sei in etwa so wie beim Weizenkarussell. Von ihm aus könne man sie aber auch als Erinnerungssprengsel sehen oder als Erklärungsversuche. So läge es für ihn nahe, dass der Mythos des Drachen aus sehr frühen Zufallsfunden von Dinosaurierknochen entstanden sei, und da gäbe es ja noch viel mehr, zum Beispiel gewaltige Schlangen, riesige Säbelzahntiger und ein sechs Meter großes Nagetier – ein ganzes Potpourri von übergroßen Tieren, die der Mensch schon in seiner Wildbeuterzeit ausgerottet habe und die nun in leicht veränderter

Form das Panoptikum der Mythen und Fantasy bevölkerten. Vielleicht wäre es auch mal der eine und mal der andere Grund oder alles zusammen. Vielleicht handele es sich auch nur um morphologische Spielereien. Aber das müsse man sich mal vorstellen, woraufhin er sein Weißbierglas in einem langen Zug leerte.

Der Moser hatte fasziniert zugehört und fügte ergänzend hinzu, dass es mit Fantasiewesen wie Vampiren und Zombies in gewisser Weise ähnlich sei. So würde einer, der einem gutgläubigem Menschen etwas Schlechtes antat, sich nichts anderes als ein Vampir verhalten, weil er ihm dadurch etwas von seinem Glauben an das Gute im Menschen nehme und dieser sich durch das, was ihm wiederfahren war, veränderte, selbst ein Stück weit schlechter würde – wenn man beispielsweise sein Vertrauen ausnutze, würde er misstrauischer, möglicherweise verbittere er sogar und wählte am Ende die AFD, deren Kader durchwegs aus Geschöpfen der Nacht zu bestehen schien. Er würde irgendwann selbst zum Vampir, zu einem lebenden Toten, der wiederum andere biss und ihnen die Lebenskraft aussauge.

Zombies würden diesen Sachverhalt noch drastischer verbildlichen: Einmal gebissen, schon war man einer von ihnen. Untote wären somit nichts anderes als unpersönliche Personifikationen eines metaphysischen Phänomens. Und in gewisser Weise durchaus real. Der Moser nahm noch einen Schluck und stützte sich auf dem Zaun auf. Sobald man die Seite wechsle, lasse man nicht nur die zurück, die weiterkämpften, man würde auch Teil einer exponentiell wachsenden Dunkelheit. Verschiedene Untote würden dabei ganz konkrete Eigenschaften verbildlichen, so stünde beispielsweise der Vampir für Verführung und der Zombie für Gier und Geistlosigkeit. Ähnlich wäre es mit Hexen.

Der Toni, dem es einerseits zu manichäisch wurde und der ahnte, dass es gleich um die Anni gehen würde, lenkte das Gespräch geschickt wieder zu seinem Thema um. Menschheitsgeschichtlich gesehen, meinte er und ließ eine recht beachtliche Menge angestaute

Weißbierkohlensäure durch die Nase entweichen, sei es so, dass die Zahl der Infektionskrankheiten mit der Sesshaftigkeit durch räumliche Enge und Haustierhaltung stark zugenommen hätte, so dass eine Pandemie in Zeiten von Überbevölkerung und Massentierhaltung, in denen ein Virus zudem alle Möglichkeiten der modernen Mobilität nutzen könne, um in jede noch so entfernte Ecke des globalen Dorfs zu gelangen, eigentlich nur eine Frage der Zeit gewesen wäre. Erdgeschichtlich hingegen, fügte er hinzu und ließ einen gewaltigen Kopperer folgen, sei der Mensch nichts weiter als ein Pups. Aber es stelle sich schon die Frage, ob die Pandemie nicht ein Versuch der Natur sei, das ungebremste Wachstum der Menschheit zu stoppen.

Vielleicht wäre der Virus auch aus einem Labor ausgebüchst. Oder von einer für den Verzehr gedachten Fledermaus übergesprungen – schließlich wirke China auf seine Umgebung wie ein nutritiver Staubsauger, was angesichts der unglaublichen Anzahl der Bewohner nicht verwunderlich wäre, im Gegensatz zu der kulturellen Eigenheit, den Teller nur halb aufzuessen. So oder so. Seiner Meinung nach zeige die Krise sehr gut, an welchen Wurzeln man ansetzen müsse, um die Büchse der Pandora zu deckeln – an Überbevölkerung, Massentierhaltung und einer ausgeuferten Mobilität.

So gelangten sie letztlich doch wieder zur Pandemie, was dem Toni immer noch lieber war als das ewige Thema mit der Anni. Der Moser war mit dem Toni d'accord, dass das größte Problem der Zeit das Zuviel war, das immer mit einem Zuwenig verbunden war, sei es Überfischung, Landfraß oder weltweit steigende Militärausgaben, die in anderen Bereichen fehlten.

Vom Zuviel kamen sie zu den Hamsterkäufen und amüsierten sich noch ein wenig darüber, dass Skandinavier Schmerzmittel, Südländer Wein und US-Amerikaner Waffen, die Deutschen jedoch Klopapier und Nudeln horteten. Dabei fiel dem Moser ein, dass in seiner Werkstatt noch eine ganze Schachtel Staubmasken herumstand. Und da ab der nächsten Woche in Bayern Maskenpflicht galt, brachte er dem Toni einen Schwung davon, die sie noch gemeinsam entstaubten, bevor sein Spezl sich ächzend auf sein Radl schwang und nachhause fuhr.

Am Ende stand die Frage offen im Raum: Würden die positiven Ansätze bleiben, sich verstärken oder wieder verschwinden? Oder anders gefragt: Würden die Menschen beziehungsweise ein relevanter Teil Individuen lernen, dass Zeit und soziale Kontakte wichtiger waren als Konsum, oder würde man versuchen, das Wachstum nach der Krise auf Teufel komm raus wieder anzukurbeln und sie als Vorwand nutzen, noch radikaler vorzugehen? Würde es besser oder schlimmer werden – oder blieb am Ende alles gleich?

KLIMA UND CORONA

Der Moser beschloss, darüber nachzudenken, und am besten konnte er immer beim Radeln nachdenken. Also schwang er sich auf sein altes Radl und eierte auf dem Feldweg Richtung Wald. Das Radl vom Moser sah ein bisschen so aus, als wäre es mit der Wehrmacht in Russland gewesen und 50 Jahre in einem Taiga-Tümpel gelegen, dann von einem kaukasischen Schrotthändler wieder nach Deutschland gebracht worden und dort auf der Autobahn bei Tempo 100 von der Ladefläche gefallen. Wenn der Moser darauf saß, verschwand es fast unter seinem massigen Körper, der instinktiv die Haltung einer zusammengekauerten Kröte einnahm. Ein skurriles Bild, das von lautem Quietschen und Scheppern untermalt wurde. Wie der Moser dabei gut nachdenken konnte, das wusste nur er selbst, eigentlich hatte er darüber aber noch gar nicht so richtig nachgedacht.

Mit einem eleganten Schwung bog er an dem Forstwirtschaftsschild in den Wald ein und schnaufte den schattigen Waldweg entlang, der von großen Holzstapeln gesäumt wurde. Zu den Eigenheiten von Krisen gehörte es, dass sie ganz unterschiedlich beurteilt wurden. Die Klimawandelleugner erinnerten ihn dabei auf frappante Weise an die Corona-Leugner. Der Moser überlegte kurz, weil man bei beiden Gruppierungen, sofern man Meinungen denn subsumieren wollte, dem zugrundeliegenden Thema auch die Positionen „Skeptiker" oder „Gegner" anfügen konnte. Und natürlich musste man etwas unterscheiden, ob im Einzelfall die Existenz des Problems selbst, der Einfluss des Menschen darauf, die Notwendigkeit des Handelns generell oder die Sinnhaftigkeit getroffener Maßnahmen negiert wurde, wobei das bei den einen wie den anderen oft auch nur den argumentativen Ablauf in einer Diskussion darstellte.

Im Prinzip sah der Moser den Klimaschutz recht pragmatisch: Weniger fossile Rohstoffe zu nutzen, bedeutete beispielsweise weniger

Gift auf den Feldern, weniger Plastik in den Meeren und weniger Abgase in der Luft, das war so oder so eine gute Sache. Richtig umgesetzter Klimaschutz war somit im Grunde praktizierter Umweltschutz. Gleichzeitig ging es darum, die endlichen Vorräte zu schonen und rechtzeitig Alternativen zu entwickeln. Dabei gab es sowohl große Chancen als auch große Risiken: Zu ersteren zählte er das weitaus geringere globale Konfliktpotential erneuerbarer Energien und die Option einer gerechteren Verteilung, zu letzteren die Gefahr, dass eine im großen Maßstab industriell umgesetzte grüne Revolution am Ende auch wieder zu Lasten der Natur ging. Für den Moser war der entscheidende Punkt, den Verbrauch drastisch zu reduzieren – denn das in Milliarden Jahren aus unvorstellbaren Mengen Biomasse gepresste und in gewaltigen Blasen unter der Erde lagernde schwarze Energiekonzentrat konnte man mittelfristig nicht ersetzen. Dafür fehlte es schlicht an Fläche.

Was er nicht verstand, das war, warum der Klimawandel eine Frage von links und rechts war, warum also vor allem Rechte ihn relativierten und seine Existenz ab einem gewissen Extremismusgrad abstritten. Vielleicht lag es daran, dass sie alles, was im Entferntesten einen grünen Touch hatte, kategorisch ablehnten. Oder daran, dass sie bei der Umsetzung ihrer rechten Kulturrevolution, die nicht weniger als eine Neuinterpretation der Geschichte und Gegenwart zum Ziel hatte und die sie mit großem Engagement zur Verdrehung von Fakten voranbrachten, womit sie Elemente einer großen Verschwörung aufwies, in allem, was nicht hineinpasste, eine große Verschwörung sahen – was ihn erneut an die Reflexion erinnerte, weil wenn man selbst den Mitmenschen nichts Gutes wollte und von sich selbst auf die anderen reflektierte, quasi die Selbstreflexion projizierte, dann waren alle um einen herum schlecht, und der Moser war überzeugt davon, dass ein negatives Menschenbild ein zwar keineswegs exklusives, aber auf jeden Fall prägendes Merkmal der in sich heterogenen Rechten war. Wobei er das mit dem links und rechts schon lange für überholt hielt und die Menschen nach ihrem Anstand beurteilte, der im ruralen Raum einen allgemeinen Maßstab für das menschliche Miteinander darstellte.

Jedenfalls, dachte sich der Moser, war es völliger Irrsinn, wissenschaftliche Erkenntnisse einer politischen Selektion zu unterziehen, weil wenn einem neun von zehn Wissenschaftlern sagen würden, das Leitungswasser sei durch einen Unfall kontaminiert, dann guckt man doch auch nicht in ein Wahlprogramm, sondern man lässt den Wasserhahn zu und macht sich halt ein Bier auf. Und bei der Corona-Krise vertraute man besser Virologen als einem Bolsanero.

Während man sich nun bei der Bekämpfung des Klimawandels überwiegend auf Absichtserklärungen für die Zukunft beschränkte, war bei der Corona-Krise plötzlich alles möglich. Aber die war natürlich auch viel unmittelbarer, weil die Vorstellung, an einem Beatmungsgerät zu hängen, den meisten Leuten halt doch näherging, als wenn irgendwo eine Art oder eine Insel verschwand. Der Klimawandel war dahingehend eine noch viel hinterfotzigere Angelegenheit als der Virus. Ein bisschen erinnerte er den Moser an den Robert. Als der Moser in der 5. Klasse war, hatte er sich mit dem Feiger Markus und seiner Bande angelegt, die aus dem Robert bestand, den alle nur Pizza nannten, weil die Oberfläche seines Gesichts sehr der Kraterlandschaft des Vesuvs ähnelte und gegen Clearasil vollkommen immun war. Jedenfalls hatten ihn die beiden geärgert, woraufhin er sie abfällig als Kretins bezeichnet hatte. Das an sich wäre noch nicht schlimm gewesen, allerdings hatte er ihnen auf ihre vorsichtige Nachfrage hin die Bedeutung des Wortes erklärt, was unweigerlich zu einer Zweikampfabsicht vom Feiger geführt hatte. Der Moser hatte sich nie gern geprügelt und hätte es auch akzeptiert, wenn er sein Gesicht verloren hätte, weil die Ehreinschätzung vonseiten zweier Kretins bekanntermaßen vernachlässigbar war, aber aus der Nummer kam er nicht mehr raus. Also stand er nach der Schule an der Bushaltestelle dem Feiger gegenüber, der ihn fies angrinste und mit erhobenen Fäusten zu tänzeln begann. Der Moser musste ihm zugestehen, dass er eine sehr gute Karikatur von Max Schmeling abgab. Irgendwann wurde es ihm aber zu dumm und er holte aus, um seinem Widersacher eine deftige Watschn zu verpassen. Just in dem Moment kam jedoch der Robert von hinten und trat ihm mit aller Kraft zwischen die Beine.

Der Moser hoffte inständig, dass die Folgen des Klimawandels nicht so gravierend sein würden wie dieser Tritt. Sein Geschlechtsteil, dessen ganze Bedeutung ihm damals noch nicht bewusst war, nahm im Lauf des Tages eine tiefblaue Farbe an und der Moser hatte die ganze Woche Schmerzen beim Wasserlassen.

Eine eher zufällige Koinzidenz war, dass der Moser etwa zur selben Zeit begann, über bestimmte Zusammenhänge nachzudenken und sich zu fragen, wie man Missstände beseitigen könne, unter anderem die ökologischen, und so tastete er sich früh in das unendliche Diskursfeld gesellschaftlicher Veränderung mit den beiden Faktoren Politik und persönliche Verantwortung, die in der Demokratie eigentlich Hand in Hand gehen sollten, die man aber oft an zwei unterschiedlichen Polen verortete, weil man den Schwarzen Peter dann so gut hin- und herschieben konnte – ein handlungsethisches Ping-Pong-Spiel, durch das sich nichts groß veränderte, zumindest nicht im Positiven. Denn dass sich tatsächlich so einiges veränderte, das war für den Moser unübersehbar: Der Wald, in dem er als Kind gespielt hatte, wurde inzwischen von einer Umgehungsstraße zerschnitten. An dem Bach, an dem er das erste Mal ein Mädchen geküsst hatte, stand ein Einkaufsmarkt. Und der alte Bolzplatz, auf dem seine Freunde und er als Altherrenteam „Störtekickers" – der Vorschlag stammte wenig überraschend vom Toni und setzte sich gegen „GenItalien" (Meier), „Bierdozer" (Moser) und „Die Adonisten" (Thomas) durch –, jeden zweiten Sonntag eine Klatsche vom Maxl und seiner Bauwagenbande kassiert hatten, war mitsamt den umliegenden Wiesen einem Gewerbegebiet gewichen.

Der Moser selbst war an einem Punkt, an dem er seinen ökologischen Fußabdruck durch eigenbrötlerische Bescheidenheit minimiert hatte. In Hinblick auf Politik hegte er hingegen keine großen Hoffnungen mehr und stand deshalb auch keiner Partei sonderlich nahe. Die Schwarzen fielen per se weg, weil er zwar gerne mit seinen Spezln in der Wirtschaft politisierte, die Spezlwirtschaft als politisches Konzept jedoch ablehnte. Er war an sich auch kein Grüner, weil man das auf dem Land schlichtweg nicht zu sein hatte und weil er manches von den Dingen nicht verstand, die sie so sagten. Zum Beispiel hatte der Moser das Gefühl, dass Frauen ihn Zeit seines Lebens unterdrückt hatten, also in der Zeit, als Frauen noch eine Rolle gespielt hatten, so wie die Anni, weshalb er die ganze Frauenbewegung kritisch beäugte. Auch hatte er nie infrage gestellt, dass er ein Mann war, weil seine Prostata ihm das jeden Morgen beim Wasserlassen ins Gedächtnis rief, was ihn wiederum an den Tritt von der Pizza erinnerte, wobei von ihm aus jeder sein konnte, was er wollte, schließlich hatte der Toni auch beschlossen, Pirat zu sein, und der war einer seiner besten Spezln. Er sah nur keinen Sinn in Gendersternchen, überhaupt war er in Sachen Sprache wenig reformbereit. Und letztlich war er konservativ genug, dass er die Kirche im Dorf lassen wollte, er ging halt einfach nicht hin. Was die Natur anging, da war der Moser allerdings ein Erzgrüner. Darum machte er sich auch nicht nur Gedanken über den Klimawandel, sondern über den Zustand der Natur allgemein, und der machte ihn manchmal traurig und noch öfter wütend, was schon zu einigen hitzigen Diskussionen mit dem Meier geführt hatte, der sich seine verkürzten Einblicke beim Tichy im Internet holte und tatsächlich glaubte, Eike sei ein Umweltinstitut.

Im Gegensatz zu den modernen Vertretern der Partei, die es nicht mehr wagten, am Wohlstandsgedanken zu sägen, betrachtete er das Problem an seiner Wurzel und war somit eigentlich eher ein Urgrüner. So sah er keinen Sinn darin, dass die Leute immer mehr Dinge kauften, die immer schneller kaputtgingen, während ein ganzer Wirtschaftszweig damit beschäftigt war, die Leute davon zu überzeugen, dass diese Dinge für ihr Glück unerlässlich wären, also neue Bedürfnisse zu schaffen, anstatt sie zu befriedigen. Und das Ganze nur, damit sich das Wachstumsrad immer weiterdrehte – wobei es neben Flora und Fauna auch zunehmend jeglichen Anstand unter sich begrub. Dabei war der Moser keineswegs ein Verfechter von Stillstand oder Rückschritt, wie es ihm der Meier immer vorwarf. Es war nur offensichtlich, dass ein trotz zahlreicher Schließungen, beispielsweise im Einzelhandel und bei Bauernhöfen, jährlich zunehmender BIP, dessen Zuwachs vorausgesetzt und an dem der volkswirtschaftliche Zustand gemessen wurde, weniger mit Innovation als mit Akkumulation zu tun hatte, und irgendwie erinnerten ihn die Börsennachrichten in den Tagesthemen immer an eine skurrile Mischung aus Frontbericht, Krankenvisite und Hieroskopie. Letztlich kapierte jeder Sextaner mit rudimentärem Physikwissen, dass ewiges Wachstum ein totaler Schmarrn war. Das ökonomische Heilsversprechen fand auf einem endlichen Planeten statt und baute primär auf dem endlichen Rohstoff Öl auf, aber auch auf einem völlig abgehobenen Finanzwesen, das sich dem normalen Menschenverstand schon lange nicht mehr erschloss und nur noch von einer kleinen Kaste Zahlenverdreher verstanden wurde, die letztlich davon profitierte.

Gleichzeitig wurde alles immer komplexer, und während die einen getrieben waren, so wie der Meier, der am laufenden Band Sales-Couching-Kurse belegte, sein drittes Autohaus plante und verzweifelt nach Möglichkeiten suchte, etwas von der Steuer abzusetzen, versanken die anderen in routineller Lethargie, so wie der Drexler Andi, der sein halbes Leben auf der Couch verbrachte und Teleshopping guckte – zwei völlig unterschiedliche Lebenskonzepte, deren einzige Gemeinsamkeit ein zu hoher Blutdruck war.

Der Moser war sich sicher, dass ein einfacheres Leben den meisten Menschen eigentlich guttun würde. Und dass der wahre Preis für all die Gegenstände, die man für einen kurzen Kick kaufte und die dann sinnlos herumstanden, um irgendwann entsorgt zu werden, zu hoch war. Ächzend hob er sein Rad über einen querliegenden Baumstamm und fuhr weiter. Mit dem Virus hatte man nun einen Kontrahenten, der eine ähnliche Vorliebe für exponentielle Kurven pflegte. In beiden Fällen waren die negativen Begleiterscheinungen offensichtlich, doch während man bei Corona das Wachstum bremsen wollte, sollte es bei der Wirtschaft immer so weitergehen.

Wohin es mit dem unkontrollierten Wachstum führen konnte, das spürte der Moser mitunter am eigenen Leib, nämlich dann, wenn er in seine alte Lederhose wollte. Sein Bauch war in den letzten Jahren beständig expandiert, was auch daran lag, dass die Wirtschaft florierte – was wiederum das Verdienst von der Katl war, die als Bedienung echt auf Zack war und obendrein verdammt gut aussah, weshalb sich viele noch ein drittes letztes Bier bestellten, nur um ein weiteres Lächeln von ihr zu erhaschen, das sie dann wehmütig mit nachhause nahmen, wo sie ihre stille Sehnsucht lauthals in ihr Kissen schnarchten. Wenn der Moser daheim ankam, trat der Hunger jedenfalls gleich mit über die Schwelle, und wahrscheinlich sollte die Zahl der Mahlzeiten nie der Anzahl der Lebensdekaden entsprechen, wenn man seine alte Lederhose weitertragen will.

Irgendwie ging es der Welt ja wie ihm. Man sah, dass es nicht gut war, was man tat, tat es aber weiter, weil man es so gewohnt war. Und der Moser war sich sicher, dass das Weitermachen in beiden Fällen zu einer Katastrophe führen würde. Er verdrängte ein beunruhigendes Bild, in dem sich sein mitsamt der Lederhose explodierter Magen in einer versteppten Landschaft verteilte, und bog um eine Kurve, hinter der der Feldweg den Schatten des Waldes verließ und sich an einer Pferdekoppel entlang schotternd gen Dorf neigte. Während er den massigen Leib nach vorne gerichtet versuchte, das Gleichgewicht zu halten, was aus der Ferne an den Auftritt einer betrunkenen Zirkushummel erinnerte, suchte er nach dem roten Faden. Richtig, Krise.

Bei dem Stichwort Krise musste der Moser nochmal an den Toni denken. Vor einem halben Jahr war dessen Vater gestorben und kurz darauf hatte ihn auch noch seine Frau verlassen, da hatte er eine Nacht am Hafen auf seinem Segelboot verbracht, und in der Nacht ist die mit den Jahren schon recht zersetzte Leine gerissen, wodurch der Toni bei seinem verkaterten Erwachen feststellen musste, dass er mitten auf dem Starnberger See trieb. Da kein Wind ging und deshalb auch keine anderen Segelboote unterwegs waren, wegen dem Dauerregen überhaupt niemand aufs Wasser wollte, die Sicht schlecht war und den Toni so auch keiner bemerkte, der zu allem Überfluss das letzte Guthaben seines Prepaid-Handys dafür vergeudet hatte, den Anrufbeantworter seiner Ex mit unverständlichen Vorwürfen zu füllen und als Proviant nur vier Kästen Weißbier geladen hatte, trieb er tagelang auf dem See und nahm nichts als Franziskaner Dunkel zu sich, bis endlich eine leichte Brise aufkam und er in Schlangenlinien zurück zum Kai schipperte.

Der Moser hat ihn damals mit dem Auto abgeholt und war erschrocken, wie fertig der Toni aussah. Danach ließ sein Freund es mit dem Trinken erst einmal und so langsam ging es auch wieder bergauf, wozu seine neue Flamme Trixi sicherlich einen guten Teil beigetragen hat, weil er durch sie öfter mal ein Diät-Rüscherl anstatt Weißbier trank, wodurch sein Bauch etwas an Volumen verlor. Und weil die Trixi zehn Jahre jünger war als er, ließ er sich die Haare und den Bart wachsen. Die Trixi war inzwischen wieder weg, aber der Toni sah jetzt tatsächlich ein bisschen so aus wie ein Pirat, und von Piraten hatte er ja immer geträumt, wenn er über den Starnberger See schipperte. Ein Pirat mit Dutt, aber immerhin.

II.

Sommer
oder die Atempause

DIE MACHT DER GEDANKEN

Wer den Moser kannte, und der Moser war trotz oder gerade wegen seiner Eigenbrötlerei bekannt wie ein bunter Hund, wobei die einen ihn mochten, die anderen nicht, die meisten ihm jedoch jene Mischung aus vorsichtigem Interesse und klammheimlicher Sympathie oder Abneigung entgegenbrachten, die jenen Menschen vorbehalten war, die sich innerhalb der Regeln, aber abseits der Norm bewegten, jedenfalls wusste, wer den Moser kannte, dass er ein gutmütiger und hilfsbereiter Kerl war, der mit seiner Meinung nicht hinter dem Berg hielt.

Der Moser hatte kein Problem damit, die Wahrheit zu sagen oder das, was er als solche sah. Viel schwieriger fand er die Entscheidung, wann man besser nichts sagte, wofür es neben Stimmungsfaktoren wie Grant und Kater verschiedenste Beweggründe geben konnte, beispielsweise die Angemessenheit innerhalb einer Situation oder hinsichtlich der sozialen Beziehung, in der man zum anderen stand, noch viel grundlegender jedoch das Bewusstsein, dass ein Gedanke, der über das gesprochene Wort auf einen anderen übersprang, sich dort festsetzen, mutieren und auf Dauer schweren Schaden anrichten konnte. Gleichzeitig war das Ungesagte mitunter genauso gefährlich und missverständlich wie das Gesagte, weil es entweder eine eigene Aussage darstellte oder etwas zurückhielt.

Ein recht einfaches Beispiel hierfür ist der berüchtigte Popel an der Nasenspitze des Gegenübers, dessen öffentliche Präsenz, so sie dem unwissenden Urheber offenbart wird, die Peinlichkeit kurzfristig auslöst und langfristig beendet, während Verschweigen das Problem auf den nächsten längeren Augenkontakt abwälzt, so lange, bis der Popel beim regelmäßigen Abstreifen der Nasenflügel, eine gängige Geste, die Verlegen-, Überlegt- oder Abwesenheit ausdrücken kann, des Weiteren auch der Prävention der Popelsituation selbst dient, seit Corona allerdings verstärkt mit Selbstinfektion in

Verbindung gebracht wird, entweder unbemerkt verlustig geht oder erschrocken vergegenwärtigt wird – letzteres ein von aufsteigender Panik begleiteter Moment spontaner Erkenntnis, der beim Betroffenen unweigerlich einen Abruf der letzten Kontaktpersonen zur Folge hat, deren Verhalten nachträglich auf Auffälligkeiten überprüft wird. Was wiederum die Option zahlreicher Implikationen birgt, deren Schweregrad sehr vom Selbstwertgefühl und einer gewissen Grundeinstellung abhängt: So tendieren Optimisten zu der Einschätzung, der Popel sei gerade erst aufgetaucht und gegebenenfalls dem Auge eines zweiten Betrachters bisher entgangen, ließe sich also mit ein paar verwobenen Handbewegungen zur Gesäßtasche quasi aus der Welt wischen, während Pessimisten oft überzeugt sind, sie seien mit dem Popel geboren. Der Moser merkte, dass er wieder mal abschweifte. Jedenfalls war die Popelsituation ein Dilemma, mit dem man in der Regel bereits in frühen Jahren konfrontiert wird.

Ein komplexeres Beispiel war die Sache mit dem Nachbarn und dem Konrad. Der Konrad hatte dem Xaver die Einfahrt gepflastert, was an sich noch kein Problem war: Das Pflaster sah gut aus und der Xaver war so glücklich über die Straßenverlängerung, dass er einen ganzen Nachmittag damit verbrachte, seinen schepprigen Fiat in der Einfahrt vor- und zurückzusetzen. Allerdings hatte es die mit einer leeren Bierflasche nur unzureichend beschwerte Rechnung zum Moser herübergeweht, der beim Zurückbringen einen flüchtigen Blick auf das pekuniäre Dokument warf und feststellte, dass der Konrad nicht nur einen satten Aufpreis für die Steine verlangt hatte – den tatsächlichen Preis hatte der Stadlinger Bernd, der die Steine angeliefert hatte, in einen kurzen Tratsch einfließen lassen, in dem es eigentlich um die persönliche Präferenz von Hellem oder Dunklem ging –, auch die Stunden konnten so nicht stimmen. Schließlich war der Konrad Pflasterer und kein Timelord, und der Moser wusste recht genau, wie lange er gearbeitet hatte, weil er ja die Hälfte der Zeit mit ihm am Gartenzaun Bier getrunken hat, und selbst wenn man das als Arbeitszeit zählte, ging die Rechnung nicht auf.

Hätte er nun dem Xaver gesagt, dass der Konrad ihn beschissen hatte, hätte er zwar der Wahrheit genüge getan. Allerdings hätte er dem Xaver auch seine Freude genommen. An ihre Stelle wären Wut und Enttäuschung getreten, ein Streit mit dem Konrad wäre die Folge gewesen, in den der Moser wahrscheinlich hineingezogen worden wäre, und die Tat hätte sich dauerhaft in das Pflaster gebrannt – ein in den Stein gemeißelter Fluch mit dem Potential, die Familie für Generationen ins Unglück zu stürzen.

Vielleicht wäre die Sache sogar so weit gegangen, dass sein Nachbar in Zukunft keinem Handwerker mehr vertraut oder gar den Glauben in die Menschheit insgesamt verloren hätte. Vielleicht wäre er verbittert, mit seiner eh schon leidlichen Gesundheit wäre es weiter bergab gegangen, ja vielleicht hätte er beim tausendsten Gedanken an den Konrad einen Herzinfarkt erlitten, wäre mit seinem LKW gegen die Leitplanke gekracht und in der daraus resultierenden Karambolage wäre eine schwangere Frau ums Leben gekommen, deren ungeborenes Kind ein Heilmittel gegen Krebs oder eine Panazee gegen die zahllosen Manifestationen menschlicher Dummheit entdeckt hätte.

Es sprach also vieles dafür, nichts zu sagen. Allerdings wusste der Moser auch, dass der Xaver immer knapp bei Kasse war. Die beiden Leidenschaften seiner Frau waren Amaretto und Amazon, eine durchaus verhängnisvolle Kombination, und seine beiden Schrazen setzten alles daran, den Rest seines mageren Fernfahrergehalts durch die Auspuffe ihrer Mopeds zu jagen.

Der Moser zog daraus zwei Schlüsse. Zum einen, dass sich das Wissen über andere und die Notwendigkeit moralischer Entscheidungen ähnlich proportional verhielten wie Bierkonsum und Harndrang. Zum anderen, dass er die Sache nicht auf sich beruhen lassen konnte. Er hat sich den Konrad dann bei der dritten Aufnahme einer Zaunhalben geschnappt, die der als dreistündige Abnahme abrechnen wollte, und ihm gesagt, er sei zwar eigentlich ein feiner Kerl und sogar 60er-Fan, aber dass er den Xaver so pratzeln würde, das gehe ihm gegen den Strich. Wenn er schon bescheißen müsse, dann solle er das gefälligst bei den Reichen tun, aber da biedere er sich ja an, schließlich hätte er dem Meier einen großzügigen Rabatt bei seiner Terrasse gegeben, und das nur, weil der gejammert hatte, der Bau seines dritten Autohauses würde teurer als gedacht, vielleicht auch deswegen, weil er sich gute Konditionen beim Kauf eines neuen Sprinters erhoffte, aber letztlich sei er ein Kollaborateur, der sich gegen seinesgleichen wende – es läge ihm auf der Zunge, aber er würde es nicht aussprechen, ein verkappter Bayern-Fan.

Der Konrad stellte daraufhin sein Bier ab und baute seinen massigen Pflastererkörper vor dem Moser auf. Die beiden standen sich lange gegenüber und starrten sich an, und hätte ein Passant einen flüchtigen Blick auf die Szenerie erhascht, so wäre er beim Anblick der zwei versteinerten Hünen erschrocken, die wie kraftstrotzende Antithesen zum bieder-putzigen Nimbus von Gartenzwergen am Maschendrahtzaun verharrten. Ein etwas aufmerksamerer Zeitgenosse hingegen hätte angesichts der zwei brodelnden Vulkane, deren unmittelbar bevorstehender Ausbruch die verschlafene Existenz der umliegenden Gartenlandschaft bedrohte, panisch das Weite gesucht. Endlich blinzelte der Konrad, seufzte und meinte, er würde dem Xaver ein Skonto abziehen und die Mauer, die er zum Grundstück vom Moser hin wollte, weil der ihm unheimlich war, die würde er ihm umsonst hinstellen, also nur das Material berechnen, weil er ja jetzt wisse, was der arme Kerl mitmache. Der Moser hat zwar etwas geschluckt, war aber alles in allem zufrieden. Über die Mauer war er sogar ganz froh, weil die Frau vom Xaver im Amarettorausch manchmal nackt durch den Garten sprang, was nun wirklich keine Augenweide war, sondern ein leidlich unterhaltsames Spektakel, das seiner kurz vor der Kapitulation stehenden Libido einen weiteren Dolchstoß versetzte und das dringende Bedürfnis in ihm weckte, seine Netzhaut mit einem Kärcher sandzustrahlen.

Manchmal gab es also durchaus eine probate Lösung für solche Dilemmata. Mit einer besonders diffizilen Causa war der Moser jedoch an einem sonnigen Nachmittag im Juni konfrontiert. Der

Thomas hatte mittels einer kryptischen SMS seinen Besuch am Gartenzaun angekündigt und der Moser, der die halbe Nacht im Internet verbracht hatte, freute sich darauf, seinem Spezl einige äußerst interessante Fundstücke zu präsentieren.

Er begann direkt mit dem Ploppen der Kronkorken und fragte den Thomas, ob er schon mal etwas von der Rezenz gehört hätte. Es gäbe da den Rezenzeffekt, womit man das Phänomen bezeichne, dass die zuletzt wahrgenommene Information im Kurzzeitgedächtnis am präsentesten sei und folglich das größte Gewicht habe, weshalb man auch lerne, das stärkste Argument einer Erörterung an den Schluss zu stellen. Der Effekt spiele aber auch in anderen Bereichen eine große Rolle, zum Beispiel in der Werbung, nicht umsonst wäre der Spot direkt vor dem Kinofilm der teuerste, und sogar beim Essen, weil wenn der letzte Bissen eines an sich hervorragenden Schnitzels flachsig sei, würde man es eher als schlecht bewerten. Gleichzeitig gäbe es auch den Primäreffekt, der daraus resultiere, dass frühere Information leichter in das Langzeitgedächtnis überginge – quasi den ersten Eindruck, der das Folgende oft dominiere. Das wäre schon faszinierend. Je nach Situation käme der eine oder der andere Effekt zum Tragen, wobei es auch von der Information abhinge, weil wenn er jetzt sagen würde, der Thomas sei ein Depp, dann wäre es wurst, ob das am Anfang oder am Ende des Gesprächs stünde, es würde seine Beurteilung maßgeblich prägen. Jetzt wäre er aber sehr abgeschwiffen, weil eigentlich wollte er ihm von der Rezenz erzählen, die gar nichts mit dem bisher Gesagten zu tun habe, sondern ein Kriterium zur Beurteilung von Bier wäre, nämlich das sogenannte Mundgefühl, auch Frische oder Spritzigkeit des Bieres, die maßgeblich von der Kohlensäure und dem pH-Wert abhinge und als Prickeln wahrgenommen würde.

Interessant wäre nun, ob er mehr an Gedächtnis oder an Bier denke und die erhaltene Information insgesamt als eher erfrischend oder fad beurteile. Der Moser blickte den Thomas erwartungsvoll an. Der starrte allerdings ins Leere und antwortete erst nach dem dritten tiefen Räuspern mit einem langgezogenen „Äh", was den Moser zu gleichen Teilen verärgerte, irritierte und besorgte, denn wenn er es sich genau überlegte, hatte sein Freund seit seiner Ankunft kaum ein Wort gesagt und auch fast nichts getrunken – er drehte nur beständig die Flasche in seinen Händen und schien überhaupt nicht bei der Sache.

Der Moser schob es erst einmal auf das Thema und wechselte über die Biografie von Bertrand Russell zum Barbier-Paradoxon, erhielt aber auch auf seine verschmitzt kichernd gestellte Frage, ob, wenn man einen Barbier als einen definiert, der all jene und nur jene rasiert, die sich nicht selber rasieren, der Barbier sich selbst rasiert, keine Antwort.

Jetzt wurde es dem Moser zu bunt und er fragte den Thomas geradeaus, was denn los wäre, irgendwas brenne ihm doch auf den Nägeln, wobei er insgeheim hoffte, dass es nichts Gravierendes wäre, da er noch über den Eventualvorsatz und die Rabulistik referieren wollte. Der Thomas druckste erst eine Weile herum, murmelte etwas von Arbeit, dann von Bauchweh und dann von Corona, bis er endlich damit herausrückte, dass er eine Affäre hätte, mit einer verheirateten Frau, von einem Freund, und zwar mit der Miri.

Der Moser war kurzzeitig geschockt – einerseits taumelten seine Synapsen unter der Wucht der beiden gleichzeitig einschlagenden Effekte, andererseits hatte er an der Klimax zu kauen, die er dem Thomas so gar nicht zugetraut hätte. Er nahm einen tiefen Schluck, der ihn auf den bernsteinfarbenen Grund der Bierflasche blicken ließ, und meinte, das wäre zwar nicht schön, aber mei, Ausrutscher würden halt passieren. Er solle die Sache am besten einfach auf sich beruhen lassen. Der Thomas jedoch jammerte, das sei jetzt schon der neunte Ausrutscher und sie hätten auch vor, weiter auszurutschen, und zwar immer dienstags, weil der Drexler Andi da mit dem Moser und den anderen beim Karteln wäre, also normalerweise, bis das mit dem Corona vorbei wäre, würde die Miri halt joggen gehen, aber das sei bei manchem Wetter schon ein bisserl grenzglaubwürdig, und dass der Andi ihm inzwischen auch nicht mehr leidtun würde, weil der die Miri total vernachlässige, und ein schlechtes Gewissen hätte er auch nicht mehr, weil sie würden ja keinem schaden damit. Außerdem sei die Ehe ein völlig überholtes Konstrukt, in der Regel so nach fünf bis sieben Jahren, er kenne da kaum eine Ausnahme. Aber er müsse jetzt mal mit jemandem darüber reden, weil die ganze Heimlichtuerei schlage ihm auf den Magen – seit ein paar Tagen könne er kaum mehr etwas essen, und am Anfang hätte er noch gedacht, das läge an der Liebe, weil man von einer Mischkost aus Luft und Liebe ja angeblich leben könne, aber durch seinen mittlerweile chronischen Schluckauf könne er die Luft ja nicht mal mehr bei sich behalten, und inwieweit das mit der Miri überhaupt Liebe wäre, das wäre schwierig zu sagen, sie wär halt sein Gspusi und er ihr Tschampstera, er würde den Beziehungsstatus somit als Liaison, Liebelei, Affäre, Abenteuer, Techtelmechtel oder Romanze umschreiben, und das sei ja schon in gewisser Weise bezeichnend, dass es dafür so viele Synonyme gebe und für die Ehe nur Verheiratetsein und Ringkrieg. Jedenfalls liefe es im Bett super.

Der Moser war wieder mal erstaunt, wie man sich alles so hinbiegen konnte, dass es passt. Weil als die Birgit dem Thomas letztes Jahr offenbart hatte, sie hätte ihre polyamore Ader entdeckt – der Versuch eines Ausbruchs, der über Chlamydien und die Wiederentdeckung der Eifersucht in der überstürzten Hochzeit mit einem evangelikalen Pastor mündete –, da hatte dieser noch Zeter und Mordio geschrien, ihr anschließend in den alternierenden Rollen eines feingeistigen Tugendwächters und geifernden Inquisitors minutiös die Verderbtheit ihres Tuns dargelegt und seitdem kein Wort mehr mit ihr geredet.

Da er obendrein etwas aus dem Konzept war, holte der Moser noch zwei Bier. Er nahm einen tiefen Schluck, dann raunzte er den Thomas an, das wäre wirklich saublöd, weil was solle er denn jetzt machen – der Andi und die Miri wären Freunde oder zumindest sehr gute Bekannte von ihm und er würde nicht nur den Andi am Dienstag, quasi am Dies des körperlichen Delicti, sondern auch die Miri öfters sehen, beispielsweise an der Kasse im Supermarkt, in ihrem

Kellersalon beim Frisieren und als Aushilfsbedienung im Anger-wirt, das ließe sich schon allein dienstleistungsmäßig nicht vermei-den und durch Lockdowns höchstens aufschieben, und jetzt hätte er immer im Hinterkopf, dass sie „joggen" würde, wobei er das Wort „joggen" mit jener Betonung versah, die sexuell frustrierten Menschen mit einer sarkastischen Neigung vorbehalten war.

Der Thomas wusste darauf auch keine Antwort. Er schien aber dennoch sehr erleichtert und bekam nun auch endlich richtig Durst, was angesichts seines völlig leeren Magens in einem lallenden Dis-put über den Aufstieg der Löwen in die 2. Liga endete, der nur von der Frau vom Xaver unterbrochen wurde, die ihre schlaffen Brüste über die halbfertige Mauer hängte und zum Gartenzaun herunter-brüllte, sie hätte soeben Smartwatches bestellt – von Apple, für alle Familienmitglieder, 1. und 2. Grades.

Letztendlich hat der Moser dem Andi nichts gesagt. Zum einen hat-te der Thomas sich ihm anvertraut, zum anderen wusste er vom Karteln, dass der Andi heimlich rauchte, während er vor der Miri seit einem Jahr nur noch an der E-Zigarette zutzelte, und dass er manchmal auch ganz gern Substanzen in seine Selbstgedrehten brö-selte, die der Moser zum Teil noch aus seiner Studienzeit zu kennen glaubte – der im letzten Fasching nach neun Bier erfolgte Versuch einer Validierung hatte ihm allerdings so ordentlich die Schädeldecke gelupft, dass er seitdem auf weitere Kostproben verzichtete.

Das waren zwar vielleicht weniger schwerwiegende Taten. Sie zeug-ten jedoch einerseits davon, dass alle Beteiligten ihre Geheimnisse voreinander hatten und es mit der Vertrauensbasis nicht mehr weit her war, so wie mit der Nähe, schließlich roch weder die Miri den kalten Rauch noch der Andi das Aftershave vom Thomas, dessen olfaktorische Wirkung in etwa der Reichweite und nasalen Spreng-kraft einer mit einer Essenz aus Tigerbalsam und Odel prallgefüll-ten Langstreckenrakete entsprach, andererseits davon, dass der Moser ab und an auch nicht schlecht darin war, sich Sachen zu-rechtzubiegen.

Die Angelegenheit hat sich dann glücklicherweise von selbst erledigt. Die Miri hat dem Thomas beim nächsten Treffen gesagt, dass es keinen weiteren Ausrutscher gäbe, sie hätte über das Internet jemand kennengelernt und die Scheidung eingereicht, dass sie nochmal ganz neu anfangen wolle, und zwar in Karlshuld, und da ist sie dann auch Hals über Kopf hingezogen. Der Andi hat die Trennung ganz gut weggesteckt, jedenfalls besser als der Thomas und der lokale Dienstleistungssektor, die der Wegzug der Miri beide in eine zeitweilige Krise stürzte.

RADLTOUR MIT FOLGEN

Der Sommer war geprägt von trügerischer Ruhe. Die Infektionszahlen sanken, die Maßnahmen wurden gelockert und die Menschen trafen sich wieder öffentlich in kleiner Runde. Auch der
Moser verspürte einen großen Drang nach Geselligkeit und sein
Vorschlag, eine kleine Radltour in den Biergarten vom Angerwirt
zu machen, der gleich im Nachbarort gelegen und so für alle einigermaßen gut erreichbar war, sprich ohne sportlichen Eskapismus
und über das Risiko polizeilichen Kontakts minimierende Feld-
wege, stieß bei seinen Freunden auf offene Ohren.

Also pumpte der Moser sein Radl auf und fuhr den Berg runter zum
Meier, der gerade sein Radl aufpumpte. Sie tranken noch eine ge-
mütliche Überbrückungshalbe, bis der Thomas und der Toni ein-
trudelten, die ein beziehungsweise zwei Dörfer weiter wohnten und
ebenfalls noch ihre Räder aufgepumpt hatten. Voller Vorfreude
strampelten sie los, zogen vorbei an saftigen Wiesen und goldenem
Weizen, passierten das Ortsschild und die Kirche, deren von Weitem sichtbarer Zwiebelturm sie auf ihrem Weg geleitet hatte, bogen
in den Hof ein und rollten über knirschenden Kies in den schatten-
spendenden Kastanienhain.

Im Biergarten, diesem seit Jahrhunderten allem Unbill trotzenden
Bollwerk bajuwarischer Gemütlichkeit, war die Welt noch in Ordnung. Sobald man seinen Tisch erreicht hatte, konnte man die Maske ablegen und die irdischen Freuden in vollen Zügen genießen.
Die Gemütlichkeit war dieses Jahr sogar noch größer, da die Tische
weiter auseinanderstanden – wodurch einem das revierkämpferi-
sche Gesäßdrücken mit dem Hintermann erspart blieb. Das Einzige, was an die Pandemie erinnerte, war die Maske bei den Be-
dienungen, was an diesem Tag jedoch nicht weiter schlimm war, da
die Katl, in Sachen Schönheit ein Aushängeschild des Angerwirts,
heute frei hatte und sie wechselweise von der Waltraud und dem

Manni bedient wurden, denen eine Maske gut zu Gesicht stand. Und da zumindest der Moser eine Blase hatte, die es mit einem mittelgroßen Milliwagen aufnehmen konnte, entfiel für ihn auch der verdeckte Gang zur Toilette.

Kaum hatten sie sich niedergelassen, da warf der Thomas einen Hunderter auf den Tisch und meinte zum Manni, dass der Schnaps heute auf ihn ginge. Die anderen staunten nicht schlecht und stimmten ein jubilierendes Geheule an, das nicht nur ihrer Freude Ausdruck verlieh, sondern auch davon ablenken sollte, dass sich ihre Gedanken überschlugen. So versuchte sich der Meier verzweifelt zu erinnern, wann der Thomas Geburtstag hatte und ob die anderen ein gratulierendes Gebaren an den Tag gelegt hatten. Der Moser bekam es mit der Angst zu tun, seinem Freund könnte eine unheilbare Krankheit attestiert worden sein. Und der Toni überschlug die Anzahl der potenziellen Schnäpse pro Person, wobei er einen preislichen Mittelwert zwischen Obstler und Jägermeister zugrunde legte, die traditionellen Freirunden vom Manni addierte und zu einem Ergebnis kam, das ihn mit einer Art mulmiger Begeisterung erfüllte, wie sie ehemals Märtyrer im Frühstadium ihres Martyriums befallen haben mochte.

Der Thomas jedoch grinste über das ganze Gesicht und meinte, der Sommer sei gerettet. Er hätte Corona zum Trotz eine bildhübsche Frau kennengelernt – die Katrin sei Zahnarzthelferin, Mitte 30, und vielleicht werde auch mehr draus, man wisse ja nie. Die Freunde stießen auf sein Glück an, der Toni bestellte umgehend eine Runde Willi und der Meier frotzelte, auch ein blindes Huhn finde mal ein Korn, und wenn sie wirklich so hübsch wäre, könnte man ja darüber hinwegsehen, dass sie blind sei. Der Moser fügte hinzu, es wäre schön, dass es sowas wie „Die Liebe in Zeiten der Corona" gebe, was aber nur der Toni wirklich verstand, der die Anspielung mit einem amüsierten Piratenschnauben quittierte.

Die Sonne schien, das Bier floss und die vier Ausflügler widmeten sich dem Schafkopfen, jener kartographisch verankerten Lebensart, die sich nicht nur durch eine eigene Sprache, sondern auch durch eine perfekte Harmonie von Hand- und Schluckbewegungen auszeichnete und es erlaubte, nebenbei diverse Deutungsversuche der Aiwangerischen Abstandregeln anzustellen. So verstrich der Nachmittag wie im Flug, und als das Licht zu schummrig zum Karteln wurde, ging man zum reinen Debattieren über, bis auch der Abend das Handtuch warf. Als der Zwiebelturm die elfte Stunde schlug, deutete sich, obschon die Gemütlichkeit sie fest umschlungen hielt, das Ende des feuchtfröhlichen Tages an. Einerseits beharrte der Manni hartnäckig darauf, dass er endlich schließen müsse – die letzten anderen Gäste seien schon lange weg, wobei ihre lallende Runde keine unbedeutende Rolle gespielt hätte, die Kinder von der Schmid Liesl wären regelrecht verstört gewesen, außerdem sei Sperrstunde und das könne teuer werden. Andererseits machten sich erste Verfallserscheinungen der Gruppenmoral bemerkbar.

So verkündete der Thomas schweren Herzens und mit schwerer Zunge, er wäre morgen noch mit der Katrin verabredet und hätte zudem am weitesten, und auch der Meier meinte, wenn sie jetzt nicht losfahren würden, dann würde ihm die Regierung zuhause die Hölle heiß machen, was zwar nichts Außergewöhnliches wäre, heute tät er sich aber gern auf die Vorhölle, sprich die Couch beschränken. Der Protest vom Moser und vom Toni fiel verhalten aus, da sie auch schon einen gewissen Pegel hatten. Sie konnten aber noch eine Aufbruchshalbe heraushandeln, die sich als verkappte Sturzhalbe entpuppte, weil der Manni mit seiner Geduld nun wirklich am Ende und am Rande der Handgreiflichkeit war, ihnen jedoch den nötigen Elan zum Aufsteigen gab. Die Beine waren vom langen Sitzen und vielen Trinken schwer wie Blei, dank ihres eisernen Willens und platten Durchhalteparolen schafften sie jedoch die ersten paar hundert Meter aus dem Dorf. Der Moser sah sich schon so gut wie im Bett, da beschloss der Feldweg unversehens steil anzusteigen, wobei er die Landschaft zu einem schier unüberwindbaren Bollwerk aufwarf, das sich weit in den Nachthimmel reckte. Die Freunde stiegen ab und begafften das Hindernis voller Ehrfurcht. Einen kurzen Moment drohte sich Verzweiflung breitzumachen, allerdings mussten sie sich eingestehen, dass der Berg bei der Hinfahrt auch schon dagewesen war, sogar schon vorher, und zumindest ging es danach fast nur noch bergab. Also ergaben sie sich ihrem Schicksal und schoben schnaubend den schier endlosen Berg hinauf.

Auf der Kuppe pausierten sie kurz, bis das Brennen in ihren Lungen und Beinen nachließ. Und ab da nahm das Verhängnis seinen Lauf. Der Meier rief in Braveheart-Manier laut „Freiheit" und schoss dann im Schumi-Style das Gefälle hinunter. Die anderen ließen sich nicht lumpen und folgten ihm nach, wobei der Thomas „Cheronimo" plärrte und der Toni sein wildestes Piratenbrüllen zum Besten gab. Der Meier hatte sichtbar Probleme, die Spur zu halten, und driftete auf halbem Weg in ein Weizenfeld zu seiner Rechten ab, in dem er nach etwa 20 Metern zum Stehen kam und irre lachend umkippte. Der Thomas war ihm vertrauensvoll gefolgt, hatte allerdings weniger Glück, da sein Fahrrad sich im Straßengraben aufstellte, worauf er in hohem Bogen über den Lenker segelte und mit einem panischen „Cheromimo" im Feld aufklatschte. Einzig der Toni, der sich beim Segeln unter Alkoholeinfluss ein gewisses Gleichgewicht antrainiert hatte und der seinen Lenker eisern umklammerte wie ein Kapitän sein Steuerrad im wüstesten Sturm, wobei er sich so weit nach vorne beugte, dass seine Weizenwampe sich um den Rahmen schloss, was ihm zusätzliche Stabilität und Geschwindigkeit verlieh, schoss pfeilgerade den Berg hinunter. Das rote Leuchten seines Rücklichts wurde kleiner und kleiner und verschwand schließlich hinter einer Kurve.

Der Moser, der bei Massenhysterien immer ein bisschen skeptisch war, wofür ihn die Anni früher wiederholt als Spaßbremse tituliert hatte, eine Aussage, die er nur mit einem Knurren quittiert hatte, was zwar kein adäquates Gegenargument darstellte, aber er stellte sich halt nun mal ungern auf Bierbänke, allein schon aus statischen Gründen, war auf der Kuppe stehengeblieben und verfolgte das Ganze mit einer so unbandigen Belustigung, dass er sich den mächtigen Bauch vor Lachen hielt.

Der liebe Gott musste seine Zelebration der Situationskomik mit Schadenfreude verwechselt haben, denn sie wurde stante pede mit einem Schluckauf quittiert, der ihn fast vom Radl hob und seinen Fokus schlagartig auf sein Zwerchfell lenkte. Der Moser stutzte kurz, ja schwankte leicht angesichts dieser unerwarteten Rebellion in seinem Inneren, erinnerte sich dann jedoch daran, dass Schnupftabak ein bewährtes Hausmittel gegen den Schnackler darstellte, das hatte sogar der Riedinger gesagt und der war schließlich Arzt, zwar ein Veterinär, aber dafür ein guter. Also zögerte er nicht lange, griff in die Untiefen seines zerfransten Jankers und erwühlte zwischen ein paar Zehnerln und seinem Schneuztuch die ersehnte Dose.

Frohen Mutes nahm er eine voluminöse Prise, bei deren Anblick sich so manch gestandener Clubbesucher blass vor Neid in seine WC-Kabine zurückgezogen hätte und die ihm die Nasenflügel aufsprengte, als hätte er soeben eine Panzergranate aus einer Damenpistole abgefeuert, wobei man die Austrittsgeschwindigkeit durchaus mit der Eintrittsgeschwindigkeit des Tabakmehls gleichsetzen konnte, und wenn viel viel half, dann war der Moser für alle Zeit gerettet. Das Nikotin passierte seine Nasenschleimhaut und gelangte in seine Blutbahn, wo es mit einer Horde freischwebender Alkoholmoleküle eine unheilige Allianz einging, deren einziges Ziel es war, dem Moser eins auszuwischen.

Der lief erst knallrot an, dann wurde er kaasweiß, und dann machte er etwas, was er schon seit seiner Jugend nicht mehr gemacht hatte, also abgesehen von seinem 30er und seinem 40er, eigentlich allen Runden und Halbrunden, die zweistellig waren, seinen eigenen und denen seiner Freunde, wobei er auch einige Bekannte nicht ausschließen mochte, Hochzeiten, hohen kirchlichen Feiertagen sowie ein paar Ausnahmen in der Wirtschaft, auf dem Christkindlmarkt und auf dem Segelboot vom Toni, wobei er das Boot selber dabei nie befleckt hat, einmal auch in Andechs, aber da war die Schweinshaxen zu fettig gewesen, und schließlich auf der Polizeiwache in Moosbach – das war der Tag, an dem er zum passionierten Radler wurde. Der Schwall ergoss sich auf die Straße neben ihm und der

Moser, der ein Opfer der Schwerkraft wurde, folgte ihm nach. Nachdem er den ebenso kurzen wie verführerischen Gedanken, einfach in der lauwarmen Lache aus Bierschaum, Obazdn und anverdauten Presssackpartikeln liegenzubleiben, abgeschüttelt und sich wieder aufgerappelt hatte, ging es ihm ein bisschen besser und er wankte zu den anderen, wobei er sein lädiertes Radl antriebslos hinter sich herschleifte. Die beiden Sturzpiloten waren durch den Schock ebenfalls ein Stück weit ernüchtert und widmeten sich der Bestandsaufnahme des unmittelbar entstandenen Schadens.

Der Thomas war mit dem Kiefer auf einem großen Stein aufgekommen und suchte verzweifelt seinen Schneidezahn. Der Meier assistierte ihm dabei mit Notbeleuchtung – er hatte sein Radl auf den Sattel gestellt und drehte emsig das Pedal, gleichzeitig schwadronierte er davon, dass das Objekt des verhängnisvollen Aufpralls mit Sicherheit aus dem Pala... dem Palö... also aus der Steinzeit stamme, es wäre eindeutig behauen und somit ein Relikt aus grauer Vorzeit, quasi ein Stein des Anstoßes, der die Zivilisation ins Rollen gebracht hätte, während der Thomas mit beiden Händen in der feuchten Erde wühlte, leise jammerte und dem Meier zwischen dem ein und anderen „Oh je oh je oh je" zu bedenken gab, dass der blöde Stein wahrscheinlich nur vom Pflug zerdeppert worden wäre und dass die Katrin, mit der er erst seit gestern zusammen war, ihn morgen sofort wieder verlassen würde, wenn sie ihn so sehe, wobei sich bei jedem Wort blutiger Schaum vor seinem Mund sammelte und nach Erreichen einer kritischen Masse auf seine Weste troff.

Der Moser half kurz. Allerdings entsprachen die Erfolgsaussichten in etwa der berühmten Nadel im Heuhaufen und verschlechterten sich mit jedem Schritt, den sie machten, so dass die Suche nach dem vermissten Zahn alsbald aufgegeben wurde. Die Freunde zerrten die verbogenen Räder zum Wegrand, warfen sie dort auf einen Haufen und schlangen die Kette vom Meier darum, wodurch ein bizarres Kunstwerk entstand, das den Moser zu einer genialen Schnitzerei inspirierte, die er allerdings nie umsetzte, weil ihm von dem Abend nur rudimentäre Erinnerungen blieben. Dann stapften sie los, wobei der Meier vor sich hin lamentierte, dass sie allesamt verloren seien und nie nachhause kommen würden, der Thomas tapfer seine verbliebenen Zähne zusammenpresste, während er düster darüber sinnierte, wie er das der Katrin erklären sollte, und der Moser von seinem Großvater mütterlicherseits erzählte, der gesoffen hätte wie ein Loch und trotzdem zweimal bis nach Russland marschiert wäre – dass er beim zweiten Mal drübengeblieben war, verschwieg er geflissentlich. Ein geschlagener Trupp, der die Bandbreite menschlicher Krisenbewältigung zu einem Gutteil abdeckte und eindrucksvoll demonstrierte, wie Euphorie sich innerhalb weniger Stunden in Erbärmlichkeit wandeln konnte.

Der Hinterhofer lehnte derweil an seinem Polizeiwagen und betrachtete die Szenerie rauchend aus der Ferne. Als der Wiesbauer angerufen hatte, da würden ein paar jugendliche Vandalen auf seinem Feld umherspringen, er hätte sie von seinem Schlafzimmerfenster aus genau im Blick, da hatte er erst an den Maxl und seine Bauwagenbande gedacht. Allerdings war es um diese, nachdem sie vom Präparieren von Zigarettenautomaten mit Zahnpasta zum Klauen derselben übergegangen war und er bei der Durchsuchung des Bauwagens einen Gefrierbeutel voll Marihuana beschlagnahmt hatte, deren portionsweise in Lakritzdosen übergebener Inhalt seitdem die Krebstherapie seines alten Spezls Xari begleitete, dessen Hausarzt ein Depp war, recht ruhig geworden. Was unter anderem daran lag, dass sie jetzt jeden Tag vor der Schule Zeitung austrugen, um dem Automatenbesitzer am Monatsende einen anonymen Büßerbrief mit einem Hunderter zu schicken, bis sie ihre Schuld beglichen hatten – eine von ihm zugegeben in Überschreitung seiner Kompetenzen erdachte Strafmaßnahme, die jedoch für alle Beteiligten vorteilhaft war. Nicht zuletzt deshalb, weil der Vater vom Maxl ein Kollege von ihm und Choleriker war.

Kopfschüttelnd trat er die Zigarette aus. Es war jetzt fast 40 Jahre her, dass er mit den vieren auf einer Schule war, und sie waren immer noch die gleichen Kindsköpfe. Damals war er ein paar Jahrgangsstufen unter ihnen gewesen. Der Moser hatte ihm ab und an sein Pausenbrot geklaut, weil der Vater vom Hinterhofer der beste Metzger der Gegend war, während seine Mutter ihm nur Vollkornbrot mit Tomaten und Gurke einpackte, was bei ihm einen wahren Heißhunger auf Gelbwurst auslöste. Der Meier wiederum hatte immer pünktlich zum Monatsersten die Hälfte seines Taschengeldes eingefordert, wobei er meinte, er bräuchte es für seine zukünftige Firma, das Geld wäre quasi eine Investition. Er hat die zehn Mark dann aber immer gleich in der Eisdiele reinvestiert, besser gesagt in die Marion, mit der der Hinterhofer auch gern gegangen wäre, weil sie ein knallgelbes Bonanzarad und die schönsten Sommersprossen der ganzen Schule hatte. Und der Toni … der Toni hatte zwar ab und an mit ihm gespielt, allerdings nur, wenn er jemanden zum Kielholen brauchte, und der Hinterhofer erinnerte sich mit Schaudern daran, wie ihm seine Mutter oft noch Tage später Spreißel aus dem Hintern zog.

Wenn er so zurückdachte, hatten diese Erlebnisse sicher zu seiner Entscheidung beigetragen, Polizist zu werden. Andererseits mochte er die vier und wusste, dass sie keine schlechten Kerle waren. Und da er zudem ihre Akten kannte, wusste er auch, dass eine ordnungsgemäße Ahndung dieser Aktion, für die er obendrein erst Verstärkung aus München ordern müsste und die ihn in drei Dörfern zum Paria machen würde, sie teuer zu stehen kommen würde.

Also sperrte er seufzend den Feldweg ab, fuhr dann ins Dorf und sperrte vorübergehend die Ortsstraße, womit er einen sicheren Korridor schuf, den er eine halbe Stunde später, als beim Moser das Licht anging, wieder auflöste, wobei er die vor Wut kochende Frau vom Meier traf, die dieser in seiner Verzweiflung angerufen hatte, dass sie ihn und den Thomas bitte abholen solle. Für den pragmatischen Gerechtigkeitssinn des Hinterhofer war damit wieder alles in Ordnung. Der eine hatte einen Zahn verloren, dem anderen wurde ordentlich die Hölle heiß gemacht und der dritte – nun, für den Moser würde sich der liebe Gott schon noch was einfallen lassen. Außerdem war er ja schon gestraft genug damit, dass er in seiner Kindheit keine Wurst bekommen hatte.

Beim Ortsschild hat er dann noch den Toni gefunden, der mit seinem Rad zwischen zwei Bäumen steckte und laut schnarchte. Der Hinterhofer hat ein paar Minuten gewartet, bis seine Schicht endete, seine Mütze abgenommen und den Toni ganz privat geweckt. Der war auch recht umgänglich und hat sich anstandslos nachhause fahren lassen, bestand allerdings hartnäckig darauf, seinen Retter noch auf ein Weißbier einzuladen, das sie dann auf der Veranda getrunken haben, wobei der Toni sich mehrfach dafür entschuldigt hat, dass er ihn früher so oft kielgeholt hätte. Wenn er sich der beruflichen Folgen bewusst gewesen wäre, hätte er das bei seiner Piratenehre sein lassen – ein überflüssiger Zusatz, der für ihn zur Folge hatte, dass er bis zum nächsten Lockdown morgens als Schülerlotse an der Bushaltestelle stand, was seiner Piratenehre einen harten Schlag versetzte, ihm aber auch, wie er dem Moser bei einem späteren Treffen gestand, Freude bereitete. Immerhin wäre es etwas Sinnvolles, trotzdem würde er den Hinterhofer niemals mehr auf ein Bier einladen.

Die Katrin hat dem Thomas am nächsten Tag übrigens tatsächlich den Laufpass gegeben. Das lag aber an etwas anderem – er hatte nämlich parallel mit der Vroni auf Facebook geflirtet, weil sie auch eine ganz Süße war und er nicht wieder mal auf das falsche Pferd setzen wollte, was sich wie ein roter Faden durch sein von langen Single-Phasen geprägtes Leben zog. Zu seinem Pech war die Vroni allerdings nicht nur eine langjährige Kundin, sondern auch eine alte Schulfreundin von der Katrin. Jedenfalls hat die Katrin ihr während der ganzen Zahnreinigung vom Thomas erzählt und die Vroni lag mit weit aufgerissenen Augen da und musste ihr bis zum Ende der Behandlung zuhören, was eine echte Folter für sie war. Die erzwungene Schweigestunde hat sie dann aber in fünf Minuten wieder reingeredet und der Katrin alle Nachrichten vom Thomas auf ihrem Handy gezeigt, die zur Hälfte aus Bussi- und Herz-Emoticons bestanden.

Der Thomas war mit einem furchtbaren Kater und Zahnschmerzen aufgewacht, hatte bei einem Frühstück aus Kaffee und Ibuprofen gemerkt, dass die Vroni ihn auf Facebook blockiert hatte, und war alles in allem in einem desolaten Zustand. Als er am selben Abend mit Rosen vor der Tür von der Katrin stand, da hatte er schon so ein komisches Gefühl, das zur fatalen Gewissheit wurde, als die Katrin aufmachte und er ihren Gesichtsausdruck sah, dessen kalter Marmorchic recht schnell einem Vulkanausbruch wich. Ein solches Donnerwetter hatte er zuletzt als Ministrant erlebt, als er dem Pfarrer in den Messwein gespuckt und dabei als Corpus Delicti einen Hubba-Bubba-Kaugummi hinterlassen hatte.

Er hat sich die ganze Zeit über nicht getraut den Mund aufzumachen und die Strafpredigt stumm über sich ergehen lassen. Die Rosen hat er dem Meier für dessen Frau gebracht, da haben sie aber auch nicht viel geholfen.

SOMMERMÄRCHEN

Sah man von der denkwürdigen Radl-Episode ab, verlief der Sommer alles in allem ruhig. Im Grunde gab es wenig zu erzählen: Man hatte sich an Abstand und Maske gewöhnt, Geschäfte und die Gastronomie waren geöffnet. Beides sorgte dafür, dass ein gewisses Maß an Normalität einkehrte. Die Zahlen pendelten sich auf einem niedrigen Niveau ein und die Pandemie schien weit entfernt, eher ein Problem der anderen.

In einer Hinsicht war es jedoch ein heißer Sommer. Die Demonstrationen gegen die Corona-Maßnahmen, die anfangs nur aus einer Handvoll skurriler Gestalten bestanden und ihren ersten Zenit im Mai erreicht hatten, schwollen im August wieder an. Bis zu einem gewissen Grad waren sie personell und szenisch eine Fortsetzung der Wutbürger-Proteste, in ihrer gesamten Heterogenität allerdings ein neues Phänomen. So fanden sich Familien, Selbstständige und Schüler in der Menge, Anthroposophen mischten sich mit Reichsbürgern, Alt-Hippies und Neu-Rechten. Ihr Antrieb variierte zwischen Unmut und Wut, Not und Sorge, Verunsicherung und Verblendung. Was sie einte, war ein gemeinsames Feindbild. Und eine für den Moser angesichts der Situation nicht nur ignorante, sondern auch gefährliche Ablehnung von Masken und Abstand.

Der sah es einerseits als völlig legitim an, einzelne Maßnahmen zu kritisieren. Selbst Zweifel an der Gefährlichkeit des Virus oder an der generellen Sinnhaftigkeit von Maßnahmen konnte er noch irgendwie nachvollziehen, so lange diese auch als Skepsis kommuniziert wurden – schließlich hatte selbst die Wissenschaft anfangs viele offene Fragen und das Handeln der Politik erfolgte aus dem Vorsorgeprinzip. Allerdings wurde häufig eine Selbstgewissheit demonstriert, die dem Moser gründlich gegen den Strich ging. Und was ihm überhaupt nicht in den Kopf gehen wollte, das war, wie man der Meinung oder gar festen Überzeugung sein konnte, das

Coronavirus gebe es nicht, weil es ja nicht um Meinung ging, sondern um Tatsachen, und auch die Überzeugung sich nicht auf Tatsachen gründete, sondern auf abstrusen Theorien, die um das Virus konstruiert wurden. Diese kausalen Amokläufe waren zum einen haarsträubend hirnzerstäubend. Zum anderen zeugten sie von einer geradezu grenzenlosen Überheblichkeit, die sich im reflexionsbefreiten Selbstbild als Erwachte und der Schubladisierung aller anderen als Schlafschafe und Systemlinge spiegelte.

Den Moser erinnerte das stark an das Thomas-Theorem – die Leute glaubten, dass diese Dinge real waren, und darum waren sie in ihren Folgen für sie real, sprich sie lebten wirklich in einer Diktatur, nur dass diese eigentlich halt nicht real, sondern nur in ihren Köpfen war. Zudem gingen sie bei ihrer Meinungsbildung oft rein deduktiv vor, so dass sich nicht die Meinung der Realität, sondern die wahrgenommene Realität ihrer Meinung anpasste, was durch das Phänomen der Filterblase verstärkt wurde und gemeinhin in der Echokammer endete.

Bei all diesen Prozessen kam dem Internet sicherlich eine Schlüsselrolle zu: Das anfangs primär für Pornos genutzte Medium hatte seine Kompetenz im Lauf der Jahre um die einer geistigen Onaniermaschine erweitert und damit eine neue Dimension der Selbstbefriedigung eröffnet. Egal wie abwegig oder verrückt eine Sichtweise war, im globalen Netz fand man Gleichgesinnte und Bestätigung. Was früher punktuell war und verborgen blieb, schloss sich zusammen, gleichzeitig generierte das Netz immer neue abwegige und verrückte Sichtweisen. Und selektive Wahrnehmung wurde durch Algorithmen noch gepusht – je intensiver man sich googlerisch mit einem Thema beschäftigte, desto mehr ähnliche Seiten wurden angezeigt, was bei simplem Suchwortgebrauch schnell in einer dialektischen Einbahnstraße mündete und zudem die Illusion einer hohen Relevanz des Themas schuf, wodurch ihm per se ein höherer Wahrheitsanspruch zugeschrieben wurde. Das Netz spannte somit nicht nur zahllose Möglichkeiten auf, es zog sich mitunter auch zusammen, konnte den geistigen Horizont erweitern oder verengen.

An diesem Punkt seiner Überlegungen ertönte eine Fahrradklingel an der Straße. Der Moser holte geistesgegenwärtig zwei Bier aus dem Kühlschrank und marschierte runter zum Gartenzaun, an dem eine seltsame Gestalt stand, deren Torso nur aus einem gewaltigen Bauch und zwei verkrümmten Armen zu bestehen schien, die sich jedoch schnell als Toni entpuppte, der nach einem Mittagsbesuch im Biergarten auf eine isotonische Absackerhalbe am Gartenzaun haltgemacht und sich zum Zwecke der Schweißbeseitigung sein AC/DC-T-shirt über den Kopf gestülpt hatte.

Freudestrahlend reichte er seinem Spezl ein Bier und weihte ihn stante pede in seine Gedankengänge ein. Der Toni stöhnte angesichts der schweren Kost auf seinen vollen Magen, der noch mit der Verdauung einer formidablen Schweinshaxe beschäftigt war und sein Leid durch häufiges Aufstoßen kundtat – ein gastrogenes Seufzen, das den Odeur des Peinigers nach außen trug, wo er sich simultan zu seinem materiellen Ursprung zersetzte. Und da selbst ein weiterer Rückzug unter das T-shirt keinen Themenwechsel erzeugte, ging er auf das Thema ein.

Er ließ den Kronkorken ploppen und meinte, das Misstrauen gegenüber der Politik, der Wissenschaft und den Medien hätte Hochkonjunktur und aus den Tiefen des Netzes würden immer mehr Versatzstücke hervorgeholt und miteinander verwoben. Überhaupt hätte sich das Internet in ein propagandistisches Schlachtfeld verwandelt – insbesondere rechte Seiten seien auf dem Vormarsch, Verschwörungsmythen à la Q-Anon würden mittels Tiefseekabel in Sekundenbruchteilen über den Ozean transportiert und tausendfach geteilt. Dabei würde eine Abkehr vom rationalen Denken erkennbar, das seiner Ansicht nach aus einem Sinnverlust und der Sehnsucht nach tieferen Wahrheiten in einer entzauberten Welt resultiere. Vielleicht würden auch die Grenzen zwischen Realität und Fiktion zunehmend verwischen, aber das führe jetzt zu weit.

Persönlich fände er interessanter, dass die Krise ein Schlaglicht auf das Spannungsfeld zwischen persönlicher Freiheit und Solidarität werfe. Anstatt die Möglichkeit für einen bereichernden Diskurs zu nutzen, würden die Sphären jedoch gegeneinander ausgespielt und es käme zu Lagerbildung, wobei man auf der einen Seite vergaß, dass die Freiheit dort endet, wo die der anderen beginnt beziehungsweise darin besteht, dass man alles tun kann, was einem anderen nicht schadet, während auf der anderen ein kollektiver Druck spürbar würde, der ihm Bauchschmerzen verursache – ein nicht zufällig gewähltes Bild, da inzwischen haxeninduzierte Krämpfe eingesetzt hatten, die ihm den Schweiß auf die Stirn trieben. Stark vereinfacht, sprach der Toni und presste dabei beide Hände auf seinen Bauch, läge das Problem in der Wahrnehmung eines „Ich-Die" und eines „Wir-Die" anstatt eines gesunden „Ich-Wir".

Der Moser pflichtete ihm bei und musste erneut an den Gedanken denken. Ein Gedanke war tatsächlich das Allermächtigste auf der Welt, denn er fasste nicht nur die wahrgenommene Realität in Sprache, er formte umgekehrt auch die Realität. Die meisten Gedanken liefen einfach so nebenher, gingen ihren gewohnten Gang, verrannten sich, drehten sich im Kreis oder folgten einem spontanen Eindruck. Ab und an aber kam ein außergewöhnlicher Gedanke, ein mächtiger Gedanke heran, der sich anschlich und urplötzlich über seinen Wirt herfiel, der die Denkmuster durchbrach und das Gedankengebäude an sich, jenes Konstrukt aus erstarrtem Denken, berührte, erschütterte oder gar einriss.

Wenn man einen solchen Gedanken oft genug wiederholte, wurde er Realität. Mehr noch – er konnte die Realität sogar nachträglich und zukünftig verändern. Der Moser erklärte seine Theorie dem Toni. Angenommen, jemand arbeite seit 20 Jahren in einem Betrieb. Plötzlich kommt ihm der Gedanke, egal ob begründet oder grundlos oder wahr oder nicht, dass er all die Jahre ausgebeutet wurde. Es bliebe zwar Fakt, dass er 20 Jahre dort gearbeitet hat. Aber er würde die Vergangenheit nun völlig anders sehen. Das Vorzeichen ändere sich, Bilder würden sich verzerren und Gespräche rückblickend uminterpretiert. Seine Gegenwart ändere sich, indem er sich beispielsweise einen neuen Job und andere Freunde suche.

Und seine Zukunft ändere sich, weil er zuvor davon ausgegangen war, er bliebe bis zur Rente in der Firma. Da sein Freund etwas skeptisch guckte, griff der Moser zu einem weiteren Exempel. Allein der Gedanke, der andere gehe fremd, könne eine Beziehung bestimmen und sogar beenden, wobei er eine unheilige Allianz mit der Phantasie einging, durch die die Vorstellung immer plastischer würde, während der Gedanke alle möglichen Umstände im Sinne seines Kerns interpretiert, so dass selbst die Fröhlichkeit des anderen zum Indiz für seine Verdorbenheit mutieren kann.

In letzter Konsequenz wäre es doch so: Zu denken, dass der andere einen nicht liebt, führe dazu, dass der andere einen nicht liebt. Der Moser überlegte kurz. Bis zu einem gewissen Grad funktionierte das sicherlich auch andersherum, allerdings hielt er die Kraft des positiven Denkens für beschränkt, was an sich schon wieder ein bisschen negativ gedacht war, aber halt auch auf der Erfahrung beruhte, dass schlechte Gedanken sicherlich dazu beigetragen hatten, dass die Anni ihn verlassen hatte, gute sie im Nachhinein aber auch nicht wiederbrachten. Und den Thomas hat sie ja auch wieder recht schnell sitzenlassen. Woraus der Moser schlussfolgerte, dass es bei der Anni egal war, wie man dachte, da sie nicht wusste, was sie wollte.

Er trank einen Schluck und zirkulierte innerlich zurück zu der Geschichte mit dem Xaver und dem Konrad. Ein Gedanke konnte auch von außen implantiert werden. Jemand sagt, man wäre hässlich. Ein wackliger Charakter könnte sich nun tatsächlich fragen, ob er hässlich wäre, zu dem Schluss kommen, er sei hässlich, und ginge fortan als hässlicher Mensch durchs Leben, zumindest so lange, bis ein anderer Gedanke diesen ablöst. Der Gedanke beeinflusst somit, wie man sich und die anderen sieht, sah und sehen wird.

Dabei musste man sich Sachlagen oft schöndenken. So waren der Moser, der Thomas und der Toni das, was man landläufig als Übriggebliebene bezeichnete, wobei der Thomas zumindest den Status des Singles und der Toni den des Geschiedenen hatte, womit beide wachsenden gesellschaftlichen Gruppen angehörten, während der Moser nur als komisch galt, weshalb er gezwungen war, den scheiternden Charakter seiner Situation abzumildern und der Einsamkeit den Mantel der Freiheit überzustülpen – was manchmal besser, manchmal schlechter und am besten dann funktionierte, wenn sich wieder mal zeigte, dass auch gemeinschaftliche Lebenskonzepte wie die vom Meier und vom Xaver nicht frei von Scheitern waren, welches zudem oft lauter und reibungsreicher vonstattenging, wie ein schlingerndes Zugrad, dessen schrilles Quietschen in den Klagen der beiden nachhallte, wenn sie beim Moser Zuflucht suchten, und die ihn in solchen Momenten um seine Eremitage beneideten. Was zeigte, dass halt alles seine zwei Seiten hat und es so oder so nicht immer rund, aber stetig weiterlief.

Manche Sachen konnte man allerdings weder schöndenken noch schönreden: Der Toni zeigte dem Moser auf seinem Handy ein Video von Corona-Protesten an der B96 in Sachsen. Der zu sehende Straßenabschnitt war auf beiden Seiten gesäumt mit Menschen, die Reichskriegsflaggen schwangen. Dem Moser blieb angesichts der Szenerie die Spucke weg – er war schlicht geschockt. Was wie eine skurrile Collage wirkte, war 2020 Realität.

Er wollte noch zwei Bier holen, doch der Toni, der merkte, dass die Schweinshaxe seinen Verdauungsapparat deutlich zu schnell passierte, verabschiedete sich überhastet und schoss Richtung heimischer Lokus von dannen. Der Moser holte trotzdem noch zwei Bier und setzte sich unter den Schatten der großen Linde. Die erste Halbe half ihm, das Gesehene zu verdauen, die zweite leistete ihm Gesellschaft, als er über das Gesagte sinnierte und versuchte, es unter ein großes Ganzes zu fassen.

Alles in allem wurde immer deutlicher, dass der Virus nicht das einzige Problem war. Dem Moser wurde bewusst, dass ein Gedanke dabei war, sich in ihm festzusetzen, und obschon er ihn abstieß, konnte er ihn nicht einfach abschalten, weil er ahnte, dass etwas Wahres daran war: Die Gesellschaft selbst war krank, und es war nicht nur ein Spalt, der sich durch sie hindurch zog. Es war ein Netz aus unzähligen Rissen. Die Gesellschaft verlor das, was sie ausmachte — einen Blick auf die Dinge, der sich zumindest in einzelnen Punkten überschnitt. Sie zerfiel in unzählige Narrative, löste sich auf in ihre Bestandteile: In Individuen, die hinter Gartenzäunen standen.

DAS GROßE BLABLA

Manchmal fand der Moser die Sprachspiele, die das Miteinander der Menschen regelten und den Alltag verbal auskleideten, ausgesprochen anstrengend. Dies lag zum einen an ihrer enervierenden Redundanz und Absehbarkeit, zum anderen an der Fülle der Worte, mit der man den oft simplen Subtext kaschierte. Beispielsweise erzählte der Meier bei Feiern immer wieder die alten Suffgeschichten, womit er Außenstehenden nur sagen wollte, seht doch, was für wilde und verrückte Kerle wir waren, und da der Moser den Meier gut kannte, wusste er, dass sich unter diesem Subtext ein weiterer verbarg, der besagte, seht genau hin, das sind meine Freunde und das haben wir zusammen erlebt. Womit das scheinbar verbindende Element des Teilens von Erlebnissen tatsächlich einen distinktiven und possessiven Charakter besaß.

Letztlich war das meiste Gerede nur ein großes Blabla, das eine scheinbare Realität konstruierte, hinter der die tatsächliche lauerte – eine Wirklichkeit wie auf dem unteren Bildteil einer neuzeitlichen Darstellung des Jüngsten Gerichts, eine göttliche Tragikomödie, in der Menschen ihre Geschlechtsteile schwangen, um Hilfe riefen oder um sich schlugen, sich fürchteten, litten und verloren. Der Moser dachte bei sich, dass es angesichts dieser höllenähnlichen Metaebene nicht verwunderlich war, dass die Menschen das große Blabla geschaffen hatten, um gut durch den Tag zu kommen.

Das große Blabla hatte nämlich sicher auch sein Gutes. Es erleichterte alltägliche Erledigungen, konnte Geborgenheit geben und eine gemeinsame Wirklichkeit schaffen. In hoher Wortfrequenz wiederum diente es der Vergewisserung der eigenen Existenz, weshalb man auch sagte, einer rede um sein Leben. Und nicht zuletzt schuf es Geschichten, und daran hing ja auch des Mosers Existenz gewissermaßen, wobei er sich schon dachte, dass man das große Blabla im Alltag oft durch unterschiedlich intonierte Brummlaute, bei

Bedarf ergänzt um eine elaborierte Gestik und Mimik, ersetzen könnte, die wahrscheinlich auch den Anfang der Sprache dargestellt hatten. Er stellte sich vor, wie der Meier am Lagerfeuer aggressiv brummte, sich auf die Brust schlug und auf den Nachbarstamm deutete, während der Moser selbst seine Keule umklammerte und genervt brummelte, vielleicht auch nur seufzte, weil ein Seufzen sagte oft mehr als tausend Worte und es gab eigentlich kaum eine Situation, in der ein speziell angepasstes Seufzen nicht passte. Eine war wahrscheinlich der Moment, in dem die Trixi ihm sagte, dass sie nach der Trennung vom Toni nochmal heiraten würde, jedenfalls nahm sie ihm das immer noch übel.

Interessant wurde es demnach erst, wenn man aus den Sprachspielen ausbrach, weil man sich dann tatsächlich nahekam und durch all die Lackschichten einen klitzekleinen Blick auf eine Facette des anderen erhaschen konnte. Eine Ahnung, wie er wirklich war. Schließlich bestand das Leben zu einem Großteil daraus, sein Inneres vor den anderen zu verbergen – was aktiv und passiv geschah, da man auch sich selbst nur selten klar und deutlich und nie in seiner Gesamtheit sah. Diese Momente hatten etwas Erfüllendes und Erhebendes. Sie entsprachen, wollte man im Bild bleiben, eher dem oberen Teil der neuzeitlichen Darstellung des Jüngsten Gerichts.

Menschen versuchten hin und wieder auf diverse Weise, das große Blabla zu durchbrechen, zum Beispiel mittels bestimmter Substanzen, wozu auch das Bier zählt, durch unerwartete oder grenzüberschreitende Handlungen, man denke an den Klingelstreich, einen Tobsuchtsanfall, Sex oder Seelenstriptease – der Moser selbst dachte daran, wie die Anni mit ihm Schluss gemacht hatte –, sowie durch eine Vielzahl von Verhaltensweisen, deren Bandbreite von liebenswert über verschroben bis übergriffig reichte.

Ein beliebtes Mittel letzterer Kategorie war die Provokation. Diese zeigt sich bereits in den ersten Lebensjahren, wenn Kleinkinder die Grenzen regulatorischer Sprachspiele der Eltern austesten, indem sie diese ignorieren oder einfach genau das Gegenteil machen.

Die Pubertät wiederum brachte neben der Erkenntnis, dass Haare nicht nur auf dem Kopf, sondern auch an einer diametral dazu gelegenen Stelle wuchsen, der neben der Ausscheidung von Flüssigkeiten eine bisher unbekannte Funktion zukam, die ebenfalls mit Flüssigkeiten zu tun hatte – eine durchaus auch abstoßende Attraktion, in der sich grundlegend die Ambivalenz dieses aufgeladenen Themenkomplexes spiegelte, der von der emotionalen über die zwischenmenschliche bis hin zur mechanischen Ebene von Anziehung und Abstoßung geprägt war, und der Moser musste kurz daran denken, dass er sich bei der Anni zuletzt immer öfter gefragt hatte, ob ihr tiefes Stöhnen am Ende des Geschlechtsaktes ein Orgasmus oder Erleichterung darüber war, dass es vorbei war, aber er schweifte wieder einmal ab –, jedenfalls brachte die Pubertät auch die plötzliche Bewusstwerdung des großen Blablas mit sich, was so manch provokantes Verhalten von Teenagern erklärte, die zu allem Überdruss noch mit einem doppelten Olfwert geschlagen waren.

Im Erwachsenenalter arrangierte man sich meist mit dem großen Blabla. Gleichwohl kam es immer wieder zu spontanen Reizungen und mitunter personifizierte sich die Provokation im unangenehmen Typus des Stichlers, der beim anderen eine außergewöhnliche Reaktion hervorrufen will, was man ebenfalls als Versuch sehen konnte, die Blabla-Seifenblase zerplatzen zu lassen. Zum Beispiel fragte der Sepp Fremde immer „Wo kummst denn her?" oder „Ja wem gherst jetzt du?" – in Bayern durchaus gängige Versuche, Menschen lokal und familiär einzuordnen, die jedoch zugleich die sogenannte Auswärtigkeit des Gefragten betonten und vom Sepp durch beständiges Nachhaken forciert wurden, wobei er unterstützend leichte Ellbogenrempler und Augenzwinkern einsetzte.

Manchmal durchbrach auch eine verzweifelte Seele das große Blabla. Denn die Sprache, jenes komplexe Wunderwerkzeug des Menschen, war in der Lage, Inhalte aus tiefliegenden Schichten spontan nach oben zu transportieren und verschlüsselt ans Licht zu bringen – als Chiffren oder Bilder, die in der Regel unbemerkt einflossen und im großen Blabla untergingen. Einem aufmerksamen Zuhörer konnte diese doppelte Ebene durchaus so einiges verraten: Wenn der Franz bis ins kleinste Detail die Wetterlage sezierte, beschrieb er eigentlich seinen emotionalen Zustand. Und wenn die alte Messnerin nach dem dritten Eierlikör klagte, ihr wäre ständig kalt, dann wusste der Moser, dass sie damit unbewusst ihre Einsamkeit artikulierte und es höchste Zeit war, sich zu verabschieden.

Auch der Humor konnte diese Oberfläche brechen, überhaupt war Lachen neben dem Seufzen oft die bestmögliche Reaktion auf den Irrwitz des Lebens. Nun gab es in der Coronazeit allgemein recht wenig zu lachen. Eine kurze Welle der Belustigung flaute rasch wieder ab, als das Klopapier in die Regale zurückkehrte – ein letztlich trauriges Intermezzo, das zeigte, dass das Land der Dichter und Denker in Sachen Komik eine eher tragische Figur abgab.

Ein nicht oft genug zu nennender Benefit dieser je nach Situation von Stress, Fadesse oder Tristesse geprägten Zeit war jedoch, dass der Moser einige richtig gute Gespräche führte, die es so in der Wirtschaft nicht gegeben hätte, denn auch wenn er die ungezwungene Geselligkeit dort durchaus vermisste, war sie doch ein wahrer Hort des großen Blablas, das sich erst zu fortgeschrittener Stunde über Nuscheln und Lallen wieder einem ursprünglichen Brummeln annäherte – ein ebenso evolutionärer wie degenerativer Prozess, bei dem der Pegelstand den Takt der Bestellungen und den Zungenschlag vorgab, während die beiden Zeiger der alten Kuckucksuhr im Hintergrund immer wildere Sprünge vollführten, bis sie auf der Zwölf zusammentrafen und die Rosi das Crescendo abrupt beendete, indem sie ihre Arme resolut nach außen schwang und den Rechenblock zückte.

Allerdings war Corona auch kein Garant für gute Gespräche. Dies zeigte sich an einem an sich schönen Nachmittag im September, an dem der Drexler Andi zu Besuch am Gartenzaun war. Der hatte nach dem Auszug der Miri ein paar Wochen gebraucht, sich auf die neue Situation einzustellen. Vielleicht hatte auch die neue Situation etwas gebraucht, sich auf den Andi einzustellen, der ihre Faktizität mittels einer breit aufgestellten Verdrängungsstrategie zu negieren suchte, jedenfalls war sie darauf ausgewichen, meterhohe Geschirr-türme und Wäscheberge auszuformen. Als diese gefährlich zu schwanken begannen und ihm zudem der Tabak ausging, beschloss der Andi, das Haus für einen Spaziergang zu verlassen, der ihn vom Kramerladen direkt zum Gartenzaun vom Moser führte.

Durch die lange Abgeschiedenheit hatte sich ein großer Redebedarf angestaut, der sich nun in Form eines logorrhoischen Schwalls über den Moser ergoss, wobei der Andi kein Wort über die Miri verlor, sondern zwei volle Stunden alle möglichen Fernsehformate rekapi-tulierte, die er in der letzten Zeit geguckt hatte – und das waren eine ganze Menge.

Minutiös ging er alle Fragen und Jauchschen Kommentare von vier Sendungen „Wer wird Millionär" durch, rezensierte die letzten drei „Tatorte" inklusive Exkurs in die 50-jährige Geschichte der Krimi-Reihe und lieferte eine akkurate Nacherzählung der Handlung von „Game of Thrones" bis zum Ende der 3. Staffel. Spätestens bei der Roten Hochzeit hatte die Konversation ihren Tiefpunkt erreicht. Der Moser hatte längst aufgehört, dem Andi zuzuhören, und sich stattdessen die obigen Gedanken zum großen Blabla gemacht. Der Andi wiederum war zwar ziemlich zugedröhnt, weil ihm ja der Ta-bak ausgegangen war und er sein Gras deshalb seit drei Tagen pur rauchen musste. Dennoch entging ihm die mentale Abwesenheit des Mosers nicht, der zudem eine enorme Gereiztheit ausstrahlte.

Die beiden standen sich also am Zaun gegenüber, nuckelten an ih-ren Bierflaschen und knurrten ab und an leise. In diesem Moment kam glücklicherweise der Toni. Dieser war nach dem Besuch des Hendlstandes im Gewerbegebiet in ein mittägliches Protein-Koma gefallen und hatte bei seinem Erwachen drei verpasste Anrufe und eine verstörende Sprachnachricht vom Andi auf seinem Handy ge-funden, der er lediglich entnehmen konnte, dass der Absender jen-seits von Gut und Böse und wohl beim Moser war. Als erfahrener Pirat hatte der Toni ein gutes Auge für Untiefen und aufziehende

Stürme. Er feuerte erst einmal eine Breitseite Witze ab, um die angespannte Stimmung zu lösen. Anschließend initiierte er einen taktischen Stellungswechsel, indem er vorschlug, das Geschehen an die Feuerstelle zu verlagern. Der Moser war dankbar für das unverhoffte Rettungsmanöver und die Freunde machten sich auf in den Garten. Als das Feuer brannte, meinte der Toni, er habe da letztens eine tolle Geschichte gehört, und zwar die Geschichte vom Klugen Hans.

Jener Kluge Hans war ein Pferd, dem der pensionierte Schulmeister Wilhelm von Osten um 1900 Unterricht in Deutsch und Mathematik erteilte – ein an sich schon kurioses Detail, doch waren die Hoffnungen in die Pädagogik zu dieser Zeit anscheinend noch größer. Der Lehrer stellte dem Pferd Fragen, die es per Hufklopfen oder Kopfbewegungen beantwortete. Auf diese Weise war Hans in der Lage, Rechenaufgaben zu lösen, zu buchstabieren, die Uhrzeit zu lesen und vieles mehr – und lag dabei erstaunlicherweise in 9 von 10 Fällen richtig. Von Ostens Vorführungen im Hof seiner Berliner Wohnung zogen bald zahlreiche Schaulustige an, die internationale Presse berichtete und prominente Fans ließen ihrer Begeisterung für das Wunderpferd freien Lauf. Hans wurde das wohl berühmteste Pferd seiner Zeit. Seinem Lehrer ging es jedoch primär um die Anerkennung der wissenschaftlichen Welt, die ihn trotz hartnäckigen Insistierens geflissentlich ignorierte. Erst als sich Gerüchten zufolge auch der Kaiser für das „neunte Weltwunder" zu interessieren begann, musste sie reagieren.

Also entsandte die Preußische Akademie der Wissenschaften eine interdisziplinäre Kommission aus 13 klugen Köpfen, die dem Phänomen auf den Grund gehen sollte. Diese schloss zunächst einen Betrug des Lehrers aus: Das Pferd gab auch bei anderen Prüfern die richtigen Antworten. Darüber hinaus stand die Kommission vor einem Rätsel. Ein Pferd, das besser rechnete als manch Pennäler – wie konnte das sein? Das tektonische Gefüge der akademischen Welt war erschüttert, alte Rivalitäten zwischen Disziplinen kochten empor und ein heftiger Disput entbrannte. Letztlich ging es um nicht weniger als die Frage, ob Tiere abstrakt denken konnten. Und damit um das Vernunftmonopol des Menschen. Die Wissenschaft drohte, sich zu blamieren. Schnell wurde eine zweite Kommission eingesetzt, um einen Mechanismus hinter den Leistungen des Pferdes zu finden. Dem Psychologen Carl Stumpf und seinem Assistenten Oskar Pfungst gelang es schließlich, das Geheimnis zu lüften: Das kluge Huftier nahm feinste Veränderungen in der Mimik und Gestik wahr, sprich die unbewusste Anspannung vor der Antwort und die Erleichterung, wenn diese richtig war. Konnte er den Aufgabensteller nicht sehen oder wusste dieser selbst die Antwort nicht, versagte der Hengst.

Von einem Tag auf den anderen war es vorbei mit dem Ruhm. Hans wurde dennoch unsterblich – denn seitdem bezeichnet man das Phänomen, dass Versuchstiere oder Interviewte auf unbewusste Zeichen des Versuchsleiters oder Interviewers reagieren, als „Kluger-Hans-Effekt". Der Toni schloss mit der Feststellung, dass Tiere zwar nicht der gesprochenen Sprache mächtig seien, dafür jedoch oft weitaus besser als der Mensch Körpersprache lesen könnten. Der Moser pflichtete ihm bei und jeder wusste einen, der in dieser Hinsicht legasthenisch veranlagt war.

So klagte der Toni, dass die Trixi ihn in der schlimmsten Katerstimmung regelmäßig mit belanglosem Tratsch traktiert und dabei jegliche Signale von Naserümpfen über Augenrollen bis hin zum Zusammenschlagen der Hände über dem Kopf ignoriert hätte, bis er sich irgendwann schutzsuchend unter die Decke zurückzog, aber selbst da wäre sie hinterhergekrochen und hätte unablässig weitergeplappert. Der Drexler Andi erzählte, dass er vorher mindestens fünf Minuten an der Kasse gestanden war und die Kramerin ihn einfach völlig ignoriert hätte, wobei es auch sein konnte, dass er einen Blackout gehabt hat, weil der Meier Senior, der damit beschäftigt war, einen Jahresvorrat heruntergesetzten Kaffee Haag in seinen Rollator zu laden, der hätte mittels Zeigefinger und Stirn recht eindeutige Gesten gemacht. Jedenfalls würde er nie wieder Joints durch eine Maske rauchen. Der Moser selbst hielt sich mit seinem Beispiel zurück – zum einen wollte er den jungen Burgfrieden nicht gefährden, zum anderen war sein Spezl in nüchterneren Zuständen sehr viel umgänglicher und mitunter sogar empathisch.

Und tatsächlich wirkte der Andi inzwischen sehr viel gelöster, der Ausflug aus der televisionären Blase in den Freundeskreis tat ihm sichtbar gut. Mit einem seligen Lächeln legte er ein Scheit nach und verkündete, in Sachen Sprache falle ihm auch eine Geschichte ein, die ihm eine Freundin mal erzählt hatte. Die Ilona stammte ursprünglich aus Italien und war zum Studieren nach München gekommen, um dort ihre Deutschkenntnisse zu verbessern, die zwar bereits beachtlich, aber halt noch nicht perfetto waren.

Eines Tages war sie bei ihrer Frauenärztin gewesen und die hatte sie gefragt, ob sie regelmäßigen Geschlechtsverkehr hätte, und da hatte die Ilona überlegt, was die Ärztin wohl meine, weil „regelmäßig" kannte sie, das Wort „Geschlechtsverkehr" hingegen hatte sie noch nie gehört. Also versuchte sie, den Begriff kurzerhand herzuleiten. „Geschlecht", da steckte „schlecht" drin, das kannte sie, und die Deutschen hängten ja gerne mal ein Prä- oder Suffix dran. „Verkehr", das kannte sie auch, also schlechter Verkehr. Nun war ja Umwelt gerade ein Thema, vielleicht meinte das ja SUVs, also antwortete sie wahrheitsgemäß nein, sie habe ein Fahrrad, was die Stirn der Frauenärztin in Runzeln legte, die die Frage in strengem Tonfall wiederholte, worauf die Ilona nun ihrerseits leicht genervt erwiderte, nein, sie habe wirklich keinen Geschlechtsverkehr, das ginge auch gar nicht, weil sie keinen Führerschein habe. Die Frauenärztin wurde daraufhin laut und fuhr sie an, „Sex, haben Sie regelmäßigen Sex?", und da hat die Ilona es dann auch verstanden.

Die Geschichte sorgte für Erheiterung und zog einige Zoten nach sich. Nun war es an dem Moser, einen Schwank zu erzählen. Er überlegte kurz und entschied sich für eine Anekdote, die er kürzlich in einem Buch gelesen hatte und die eindrucksvoll demonstrierte, wie sehr Wahrnehmung differieren konnte – insbesondere dann, wenn Sprache als Korrektiv fehlte.

Um 1520 landeten der spanische Konquistador Hernán Cortés und seine Männer an der Ostküste des heutigen Mexikos und trafen dort auf die Azteken. Bei den ersten Begegnungen waren sie stets von einigen Einheimischen umgeben, die Räuchergefäße mit wohlriechenden Harzen schwenkten. Für die Spanier war klar: Die heidnischen Azteken verehrten sie als Götter. Die Wahrheit war allerdings sehr viel profaner. Anders als in Europa war die Körperhygiene in der aztekischen Kultur bereits sehr weit fortgeschritten – und so beeindruckend die Neuankömmlinge mit ihren mächtigen Reittieren und Donnerrohren auch waren, sie stanken erbärmlich.

Die Freunde klopften sich vor Vergnügen auf die Schenkel und der Toni meinte, da müsse man gar nicht so weit zurück in der Geschichte, der Manni vom Angerwirt dächte ja immer noch, die täglich frischen Blumengedecke seien nur zur Deko da. Gleichzeitig wäre sein Körpergeruch auch eine Art indirekte Kommunikation, weil der Manni extrem schüchtern sei und eigentlich nur ungern bedienen würde, also quasi transpirierte Soziophobie. Eine Weile ging es noch hin und her, dann versiegte das Gespräch und tröpfelte in gelegentlichen Prosits aus. Am Ende genossen die Freunde schweigend die laue Nacht und stießen zum Abschied nochmal nonverbal miteinander an.

Der Moser nutzte seinen Harndrang, um die Glut zu löschen, und schlurfte von Grillenzirpen begleitet ins Haus. Als er sich in seinem Bett ausstreckte, war er alles in allem wieder versöhnt mit dem großen Blabla. Er lachte noch einmal kurz, brummelte in seinen Bart und seufzte. Dann schlief er ein.

DER FALSCHE POLIZIST

An einem spätsommerlichen Samstagvormittag, der wahrscheinlich stark zum Mittag hintendierte, weil er alles andere als ein begeisterter Frühaufsteher war und morgens immer einige Zeit brauchte, um die multiplen Symptome der Nachtschwere, die sich beispielsweise in hartnäckiger Körperstarre und einem latenten Grant zeigten, zu beseitigen, wozu er sich am Wochenende gern auch eines kleinen Frühschoppens bediente, der an diesem Vormittag aus Gründen der Prokrastination etwas ausgiebiger ausgefallen war, war der Moser unten am Zaun. Er hatte erst angefangen, den Wohnzimmerteppich auszuklopfen, war dann jedoch, um der Staubwolke zu entgehen, die sich zu einem fulminanten Sandsturm auszuweiten drohte, zum Schneiden der Haselnusssträucher übergegangen. Als er sich so schnaufend, zwickend und fluchend seinen Weg durch das Gestrüpp bahnte, wurde er mit einem lauten Motorengeräusch konfrontiert, das zunächst seine Aufmerksamkeit fokussierte und dann seine Aggression, die durch den peitschenartigen Rückschlag eines Zweiges auf seine breitflügelige Nase entfacht worden war, kanalisierte.

Das Objekt seiner Erregung war ein schwarzer BMW, der mit mindestens 80 Sachen ins Dorf schoss und mit leicht quietschenden Reifen bei dem alten Zigarettenautomaten, der am Ende von Mosers Grundstück am Gartenzaun prangte, zum Halten kam. Der Moser linste zwischen zwei Haselzweigen hindurch und beobachtete mit wachsender Wut, wie der Fahrer ausstieg, an den Automaten trat, eine leere Zigarettenschachtel über den Zaun warf und anfing, in seinem Portemonnaie nach Kleingeld zu kramen.

Er verzichtete darauf, den Fremden darauf hinzuweisen, dass der Automat seit einigen Jahren nicht mehr funktionierte, weil der Aufsteller, ein zerknitterter alter Mann mit nikotingelber Haut, es irgendwann leid war, dass die Jugendlichen in der Freinacht immer

Zahnpasta in die Zugfächer drückten, und der Moser fand seine Zurückhaltung nur recht und billig, schließlich kam der Raser im Vergleich zu einem Bußgeld immer noch gut weg. Er wartete folglich, bis dieser alle Münzen hineingeworfen hatte, wartete nochmal etwas, bis er anfing wild den Rückgabeknopf zu drücken und auf den Automaten einzudreschen, und trat dann aus dem Schatten des heimischen Dschungels auf die Straße, wobei er das Gartentürchen mit einem lauten Knall hinter sich zuwarf.

Der Fremde machte vor Schreck einen Satz nach hinten und glotzte ungläubig auf die Erscheinung, die sich wutschnaubend vor ihm aufbaute und mit einer rostigen Astschere wackelte – eine geradezu dämonische Erscheinung in einer bauchseitig gespannten Latzhose, von der ein Träger schlaff herabbaumelte, dreckstarrend und mit Kletten übersät, der massige Körper gekrönt von einem imposanten Schädel, in dessen vollrundem Antlitz zwei von einem schwarzgrauen Vollbart umschlossene rotgeäderte Wangen leuchteten, und die ihn insgesamt an eine Mischung aus wildgewordenem Dachs und monströsem Gartenzwerg erinnerte.

Der Moser versuchte zunächst, seine Wut zu kontrollieren und an die Vernunft des Mannes zu appellieren, indem er ihn darauf aufmerksam machte, dass seine Rakete eben ein Ortsschild passiert hatte und er seine Fluggeschwindigkeit deshalb entsprechend zu drosseln hätte. Schließlich hätte er die Umlaufbahn noch nicht verlassen, es würden tatsächlich Menschen hier leben. Außerdem wäre sein Garten kein Mülleimer, sondern ein idyllischer Ort der Ruhe und Entspannung, in dem Musen wandelten, sozusagen ein real existierender Locus amoenus und kein Abort.

Der Fremde zeigte sich von dem auf ihn einprasselnden Redeschwall, von dem er in etwa die Hälfte verstand, allerdings wenig beeindruckt. Er meinte patzig, der Moser solle sich um seinen eigenen Scheiß kümmern, er sei ja bloß neidisch auf seinen BMW, der mehr wert wäre als dieser Pennergarten mit der Bruchbude darauf, und machte Anstalten, wieder in sein Auto zu steigen. Der Moser entgegnete, der Mann sei ein respektloser Kretin, worauf der ihm den Mittelfinger zeigte.

Daraufhin kam der Moser so richtig auf Touren und sagte, dass er sich wirklich freue, weil er schon immer einen kennenlernen wollte, der über dem Gesetz steht, weil doch so viele sagen würden, das gebe es nicht, und dass derjenige auch noch so erfrischend bescheiden und höflich sei, das wäre ja noch viel schöner, er sei geradezu beglückt, wobei er „beglückt" mit einem schrillen Glucken aussprach, das aus der Kollision seiner Wut mit einem Bierrülpser heraus geboren wurde. Der Mann lief nun seinerseits rot an vor Wut und kreischte, das sei eine Beleidigung und würde teuer werden, er sei nämlich ein Polizist in Zivil, das wäre Beamtenbeleidigung. Der Moser entgegnete augenrollend, wie er den Herrn Wachtmeister denn beleidigt hätte, worauf der behauptete, der Moser hätte ihn einen Geck genannt und angespuckt, worauf der Moser wiederum hämisch lachte und sagte, wenn er ihn beleidigen wollen würde, dann würde ihm schon etwas anderes einfallen, so billig käme der Herr da nicht davon. Er solle sich jetzt endlich schleichen, sie bräuchten hier keine Polizei und schon gar nicht in Zivil, bei ihnen im Dorf gäbe es die Messnerin. Und die Rolle des Bad Cops, die würde er gleich selbst übernehmen. Dabei erspähte er dann mehr zufällig aus dem Augenwinkel den Hinterhofer, der gerade aus der Wirtschaft getorkelt war, wo er sich bei ein paar dunklen Weißbieren von der Nachtschicht erholt hatte, und der beim Versuch auf sein Radl zu steigen auf der anderen Seite wieder heruntergefallen war, auf dem Boden liegend die Vibration der zornigen Fußstampfer am Ohr gespürt hatte, mit denen der Fahrer seine Worte untermalte, und die 40 Schritt zum Moser raufgewankt war. Wo er anscheinend schon eine ganze Zeit lang stand.

Der Hinterhofer ließ sich nicht anmerken, dass seine Versuche, dem Streitgespräch zu folgen, nur von mäßigem Erfolg gekrönt worden waren, spürte aber eine recht passable Wut gegenüber dem Moser in sich, der sich mal wieder despektierlich über die Polizei äußerte, sowie gegenüber dem Fremden, der sich hier so aufspielte und der mit Sicherheit kein Polizist war, weil er ihn noch nie gesehen hatte und ein Polizist sich keinen BMW in der Preisklasse leisten konnte – wobei eine Restangst blieb, dass er doch einer sein könnte, den er nicht kannte, was angesichts seines Promillespiegels zu Problemen führen mochte, die sich nicht mit einer Leberkässemmel aus der Welt schaffen ließen. Er nahm aber dann seinen ganzen Mut zusammen und erklärte unter Aufbietung all seiner Willenskraft, dass die beiden hiermit verhaftet wären, woraufhin er nach vorne kippte und sich im Gartenzaun vom Moser verfing. Der Fremde war beim Anblick der Uniform schlagartig verstummt, stieg in sein Fahrzeug und suchte kleinlaut das Weite. Der Moser, selbst nicht in bestem Zustand, hievte den Hinterhofer, der ja eigentlich kein schlechter Kerl und obendrein ein einstiger Schulkamerad war, dem er früher oft das Pausenbrot geklaut hatte, wodurch er vielleicht eine Mitschuld trug, dass der dann zur Polizei gegangen ist, über seinen Zaun, deckte ihn mit dem Teppich zu und legte ein paar Zweige zur Tarnung darauf.

Er war im Nachhinein auch ganz froh darüber, dass er Herz gezeigt hatte – zum einen, weil die Sache für den Hinterhofer mit einem fulminanten Kater und zwei Leberkässemmeln, die er seinen Kollegen, denen beim Vorbeifahren erst die Dienstmütze und dann der Hinterhofer selbst aufgefallen war, am nächsten Tag zur Brotzeit mitbringen musste, relativ glimpflich ausging. Vor allem aber, weil, als er den letzten Zweig auf dem gefallenen Kameraden ablegte und sich aufrichtete, der Vorhang bei der alten Messnerin zurückschwang.

III.

Herbst
oder die Wiederkehr

HERBSTNEBEL

Nach einem zumindest im südlichen Bayern regenreichen Sommer, der zeigte, dass der weißblaue Kontinent auch in Sachen Klimawandel eine Insel der Seligen darstellte und die auf beiden Seiten der Donau verbreiteten Zweifel an der territorialen Zugehörigkeit des versteppenden Frankenlandes nährte, gewann der Herbst die Oberhand. Der Mais wurde gehäckselt, Pflüge wandelten Stoppelfelder in fettiges Furchenbraun und auf den Wiesen dampfte die letzte Mahd.

Mit dem abnehmenden Sonnenstand nahmen die Infektionszahlen wieder zu. Die Biergärten schlossen einer nach dem anderen, außerdem wurde es recht schnell empfindlich kalt, und obwohl der Moser mit Fridays für Future nicht viel am Hut hatte, was nicht an der Sache selbst, sondern an seinem lebenskonzeptuell bedingten Hang zur Vereinzelung lag, empfand er die ins Gespräch kommenden Heizpilze als Auswüchse der Dekadenz – ungefähr so sinnvoll wie Rettungsringe aus Beton und so reizvoll, wie sich mit den Körperteilen einer aussterbenden Tierart zu schmücken. Letztlich kamen diese zumindest auf dem Land dann aber auch gar nicht zum Einsatz, da der nach einem langen Sommer, in dem man den Ausfall im Frühjahr zu kompensieren suchte, dringend benötigte Urlaub vieler Wirte direkt in den noch nicht absehbaren November-Lockdown überging.

In dieser Phase kam es bei Individuen wie auch Teilen der Gesellschaft zu ersten Einbrüchen in der Kampfmoral. Neben Stimmungsschwankungen machten sich erste Anzeichen von Hysterie bemerkbar, wie sie in mittelalterlichen Quellen und fiktionalen Endzeitszenarien geschildert wird, also das Verdrängen der Unsicherheit durch ein erfolgreiches Ausblenden der Realität beziehungsweise das Ersetzen selbiger durch eine alternative, indem einige die Existenz der Pandemie einfach leugneten, was neben

Schuldzuweisungen auch das Hochspülen histrionischer Persönlichkeiten zur Folge hatte, die wiederum katalysatorisch auf die bedenklichen Tendenzen einwirkten. Man stelle sich den Effekt in etwa so vor wie bei einer verstopften Toilette, die aus Trotz oder Hoffnung, dass sich das Problem einfach auflöst, weiterhin betätigt wird. Ganz lapidar war die Stimmung, um im Bild zu bleiben, eher bescheiden.

Auch der Moser quälte sich mehr oder weniger misslaunig durch den Oktober und kam an den Punkt, dass er sich fragte, ob die ganze Geschichte nicht ein Spiegelbild seines eigenen Befindens war, was zweifellos eine gewisse Hybris spiegelte, die in Momenten der Nüchternheit den freigewordenen endorphinen Raum besetzte. Dem Meier ging es ähnlich miserabel, wobei er mutmaßte, dass die Situation sich auf seine Laune niederschlug. Im Grunde waren das aber auch nur zwei Seiten einer Medaille – schließlich ist die Frage, inwiefern man selbst das Drumherum und das Drumherum einen selbst beeinflusst, sprich die Durchdringung und Bedingtheit nebst Abgrenzung von Innen- und Außenwelt, grundlegend für alle Achterbahnfahrten des Lebens, nichts weniger als eine existentielle Kontante, die ganze Bücherregale und Psychiaterpraxen füllt.

Eines Tages nun kam der Meier zum Moser und sagte, dass er jetzt Querdenker sei. Die Maßnahmen seien ja wohl total überzogen und die Wahrheit würde systematisch verschwiegen, ja mundtot gemacht, er habe sich informiert. Bei der Sache mit dem Bill Gates sei er zwar noch unsicher, aber irgendwas würde da schon auch dran sein. Es gäbe da einige sehr eindeutige Indizien auf Twitter.

Der Moser lief daraufhin rot an und schrie, der Meier sei kein Querdenker, sondern allenfalls ein Betonkopf oder Quadratschädel, ein verquer Denkender, und er habe jetzt endgültig die Schnauze voll. Von ihm aus könnten sie den Linken Kampfbegriffe wie „Establishment" klauen und am Rednerpult auf offener Straße von einer Diktatur faseln, aber dass sie nach „besorgt" und „kritisch informieren" jetzt auch noch so ein schönes Wort wie „Querdenker" in

Beschlag nehmen würden, mit geistigem Dünnpfiff aufladen, neu besetzen im wahrsten Sinne des Wortes, das sei eine Schande, ja Diebstahl an seinem Wortschatz, der inzwischen kaum noch genügen würde, seine Abscheu auszudrücken. Er redete sich richtig in Rage und fragte den Meier, ob es ihm denn nicht reiche, sich tychisieren zu lassen und seine Unzufriedenheit in den Pamphleten von „PI" oder „Ach gut" zu baden, diesen reflexionsbefreiten Propagandaformaten, die sich in erster Linie durch das Fehlen jeglicher Dialektik und Konstruktivität auszeichneten, und ob er sich jedem abstrusen Trend an die Brust werfen müsse wie einer Hafenhure, was nicht ganz fair war, weil er dem Meier auf dem Junggesellenabschied vom Toni in Hamburg versprochen hatte, den Vorfall nie wieder zu erwähnen.

Als wäre es nicht schlimm genug, dass er, der Moser, seit einiger Zeit die Kanzlerin einer Partei verteidigen müsse, die er noch nie gewählt habe, ja nicht mal wählen könne, weil er es satthabe, dass sie in einem immer mehr ausufernden Vokabular für alles verantwortlich gemacht werde, was in den vertrockneten Seelen breitbartgeimpfter Neoblockwarte schwäre. Jetzt kämen die Leute, die den Irrsinn im Internet verzapften und konsumierten, auch noch ans Tageslicht und schwenkten gemeinsam Reichskriegsflaggen und Regenbogenfahnen. Was an Abstrusität nun wirklich nicht mehr zu überbieten sei.

Der Meier ist dann auch rot angelaufen, hat dem Moser sein Bier über den Zaun gepfeffert, wo es gegen eine von dessen Holzschnitzereien geknallt ist, die dort an einer Esche hing, ein ornamentales Oval mit einem Gong in der Mitte, und ein buddhistisch anmutendes Dong ausgelöst hat, das in starkem Kontrast zur Situation stand, weil der Meier nun seinerseits brüllte, er hätte von dem Moser seinen Anfeindungen die Schnauze voll, das wäre typisch für dieses Land, in dem man seine Meinung nicht mehr sagen dürfe, und dem Moser sein Großvater würde sich im Grab umdrehen, wenn er mitkriegen würde, wie er immer mehr der linksgrünen Doktrin verfiel – er sei ja schon kein Systemopfer mehr, sondern ein Gesinnungstäter, jawohl. Während der Gong in einem enervierend hohen Ton ausklang, der seine Reputation als meditatives Werkzeug als Irrglaube übersedierter Zeitgenossen entlarvte – in Wahrheit handelt es sich dabei um eine akustische Waffe aus der Bronzezeit –, brüllte der Moser zurück, sein Großvater könne sich so oft im Grab umdrehen wie er wolle, schließlich habe er sich zu Lebzeiten ja auch immer mit dem Wind gedreht, und er folge überhaupt keiner Doktrin, sondern sei ein Freidenker. Aber der Begriff würde bestimmt als nächstes der rechten Sprachindoktrination zum Opfer fallen, deswegen sei er der Moser, er sei der Moser und sonst nichts, jawohl.

Die Szene spiegelte ganz gut, was in der Gesellschaft seit ein paar Jahren vor sich ging und in diesem Sommer neue Blüten trieb. Der Meier ist ein paar Wochen nicht mehr zum Moser gekommen, und als er irgendwann mit dem Toni auf ein Bier vorbeikam, der sich genervt von dem Riss im Freundesgefüge dazu überwunden hatte, die Piraten- kurzzeitig durch eine Parlamentärflagge zu ersetzen, hat er mit dem Moser kein Wort geredet. Allerdings blieb es nicht bei einem Bier, und nach dem dritten haben sie sich dann wieder vertragen. Womit sie der Gesellschaft einen großen Schritt voraus waren.

DAS GROßE GRAUSEN

Es war ein trister Sonntag in einem Oktober, der alles andere als golden war und damit jegliche Hoffnung auf Kompensation für den bereits miserablen September bitter enttäuschte. Der Moser hatte wie jeden Sonntag seine 60er-Fahne gehisst, was ungefähr so war, als würde die Bundeswehr ihre Schützenpanzer mit dem Wappen von Barbarossa bepappen oder ein Investor sein gesamtes Kapital in eine Holzschuhmanufaktur für Übergrößen stecken, aber einmal 60er, immer 60er, ganz abgesehen davon, dass 60er sein ein Statement war, und welches Symbol stand mehr für Hoffnung, die man in Krisenzeiten so dringend benötigte. Wobei der Moser schon hoffte, dass das Hoffen im Fall von Corona mehr Früchte tragen würde. Er hatte vor ein paar Wochen auch mal überlegt, ob er eine SPD-Fahne daneben hängen sollte, weil die ebenfalls für eine gewisse Leidensfähigkeit stand, aber bevor man in Bayern eine rote Fahne hisste, konnte man auch gleich vom Perlachturm springen.

Jedenfalls hatte der Moser miserabel geschlafen und rechte eben matschiges Laub zusammen, das sich renitent im Balken verfing, was seinen latenten Verdruss noch steigerte, der in einen morbiden Überdruss überging, als plötzlich ein verwesender Igel an einem Zinken hing.

Just in diesem Moment kam fröhlich pfeifend der Thomas an den Zaun. Er reichte dem Moser, der einfach nur dastand und düster auf sein Fundstück blickte, eine Oktoberfesthalbe und wich sofort wieder zwei Schritte zurück, um dem süßlichen Gestank zu entgehen, der ihm torpedös in die Nase schoss und seinem Weißwurstfrühstück unerwünschten Auftrieb verlieh.

Der Moser griff reflexhaft nach der Halben und öffnete sie mit dem Recherende, wodurch der Igel einen Satz in die Luft machte und unsanft auf den Boden pflatschte. Die beiden blickten eine Weile schweigend auf die Sauerei zu ihren Füßen. Dann fragte der Moser den Thomas mit tonloser Stimme, ob er schon mal über die Haut nachgedacht hätte. Ohne die Antwort abzuwarten, fuhr er fort und meinte, diese sei das größte menschliche Organ und diene insbesondere der Abgrenzung und dem Schutz vor äußeren Einflüssen. Sie grenze jedoch naturgemäß in beide Richtungen ab und verberge so auch das, was dahinter- oder in diesem Fall vor ihnen liege, wodurch sie den Menschen zugleich vor seinem eigenen Inneren schütze – dem Hässlichen, dem verborgenen Grauen, dem Ekel. Das Innere des Menschen sei schließlich eine wenig attraktive Ansammlung von pulsierenden Innereien. Eine ebenso faszinierende wie grauenvolle Maschine. Und alles, was diese Maschine absondere, an dieser Stelle zählte er penibel alle infrage kommenden Sekrete und Stoffe auf, sei mit Ekel verbunden. Haut wäre somit letztlich die hauchdünne Illusion von Schönheit. Der Thomas bräuchte sich bloß ein Hendl vorstellen – fast jeder würde es gern essen, aber kaum jemand gern ausnehmen, und selbst im gebratenen Zustand wäre die Haut immer noch das Beste daran.

Er nahm einen Schluck Bier, um die eklatanten Unstimmigkeiten seines kruden Exempels hinunterzuspülen. Obendrein spiegle sich auf der Haut oft der seelische wie körperliche Zustand, sei es in Form spontaner oder konstanter Farbveränderungen, von Warzen oder Pickeln. Erfahrungen wiederum würden sich in Narben und Falten niederschlagen. Man könne getrost sagen, dass das Leben seine Geschichten in die Gesichter der Menschen schreibe. So wäre im Fall vom Köhler Markus auf den ersten Blick zu erkennen, dass sein Leben nicht in ruhigen Bahnen verlaufen war und zudem eine miserable Handschrift besaß, geradezu eine Sauklaue, jedenfalls wäre sein Hautbild bezeichnend und er gezeichnet.

Dabei wäre interessant, dass das Gefühl von Ekel einen Herpes auslösen und sich somit plastisch auf der Haut niederschlagen könne. Der Thomas, dessen gute Laune einem rapiden Verfallsprozess ausgesetzt war, wich hastig einen weiteren Schritt zurück, fuhr sich mit der Zunge panisch über die Lippen und starrte entsetzt auf den Moser, der nochmals einen kräftigen Schluck nahm und die zart sich regende Hoffnung seines Freundes auf einen Themenwechsel brutal hinwegfegte.

Überhaupt wäre der Ekel ein sehr spannendes Thema. Er betreffe vor allem Dinge, die mit Krankheit und Tod zu tun hätten, beispielsweise Fäkalien und Aas. Dabei sei nur die Grundlage zur Ekelreaktion im Gehirn angelegt, Kleinkinder bis zum Alter von zwei Jahren würden sich nämlich vor rein gar nichts ekeln – nicht einmal vor den berüchtigten Wollsocken vom Manni, mit denen jener einst zur Sperrstunde die sternhagelvolle Kernmannschaft des FC Keilingen in die Flucht geschlagen hatte. Die Auslöser hingegen wären erlernt, in hohem Maße kulturell bedingt und auch ein Produkt fortgeschrittener Hygiene, wodurch sich vielleicht die ursprüngliche Grundintention weiterentwickelt hätte, der Schutz vor Infektionen und vor verdorbener Nahrung.

Ersterer wäre nicht mehr automatisch mit Ekel verbunden. So würde ein ordentlicher Husterer an der Supermarktkasse zwar aktuell dafür sorgen, dass die Leute pikiert zurückwichen. Ursache sei aber nicht der Ekel, der prinzipiell zu einer ähnlichen Detonation von Menschentrauben führen könne, beispielsweise, wenn einer nach der Wiesn seine letzte Mass im Zugabteil versprühe, sondern das Wissen um die Funktionsweise von Infektionen. Und letztere hätte ihren Weg ja trotzdem in die Küchen der Welt gefunden, man stelle sich nur so skurrile Spezialitäten wie das Tausendjährige Ei, sardischen Madenkäse oder schwedisches Surströmming vor – vergorener Hering, der so stinke, dass allein der Geruch einem die Gedärme umstülpe. Wahrscheinlich gäbe es in jeder nonbajuwarischen Kultur ein Nahrungsmittel, das andere Kulturen als ekelhaft empfinden würden.

Ekel sei übrigens mit der Angst des Menschen vor dem Tod verbunden, das sei erwiesen. So würden Gedanken an den eigenen Tod das Ekelempfinden und umgekehrt Ekel derartige Gedanken fördern. Und Angst habe ein jeder, sie sei eine elementare Triebfeder des Seins, schließlich wäre man in eine unwägbare Welt geworfen und lebe im steten Wissen um den eigenen Exitus. Viele schlüpften deswegen in Rollen, doch die Rollen würden sie mit der Zeit von sich selbst entfremden, und was bliebe, sei eine entfremdete Existenz, die Angst hat, aus der Rolle zu fallen.

Der Moser setzte zum letzten Schluck an, dem von ihm so genannten finalen Rettungsschluck. Er verspürte einen leichten Widerwillen gegenüber dem lacken Noagerl, drückte es aber dennoch die Kehle hinab. Mit dem Alter wachse jedenfalls sowohl die Angst als auch ein Ekel gegenüber dem Leben selbst. Vielleicht läge es ja daran, dass die Haut zunehmend dünner werde. Oder daran, dass man innerlich immer leerer werde – und je größer das schwarze Loch in einem, desto kleiner würde die Welt um einen herum.

Während der Moser seinen mäandernden Gedankenströmen folgte und sie ungefiltert in die Umwelt entließ, hatte er den Blick die ganze Zeit starr auf den Thomas gerichtet, der wieder mal zu dem Schluss kam, dass der Moser ein ziemlich komischer Kauz war und immer nervöser wurde, aber auch nicht wusste, was er sagen sollte, weshalb er abwechselnd nach links und rechts blinzelte und seine Handflächen vollschwitzte. Irgendwann nutzte er eine Pause zwischen zwei Sätzen und warf ein, dass ja jetzt eigentlich Wiesn wäre.

Der Moser stockte und glotzte ihn irritiert an. Er hatte den Faden verloren und fand ihn auch nicht wieder, als er losging, um nochmal zwei Bier zu holen. Stattdessen musste er an den letzten Wiesenbesuch vor zwei Jahren denken. Der Drexler Andi war so betrunken gewesen, dass er von Tisch zu Tisch gewankt ist und alle Noagerl getrunken hat, man stelle sich das mal in Zeiten von Corona vor, krank war er danach aber damals auch, und es war ja noch ganz lustig, wie er beim Hau den Lukas den Hammer über den Kopf geschwungen hat und nach hinten umgekippt ist oder wie er der Wahrsagerin ihre Zukunft aus Schafkopfkarten lesen wollte, aber als er dann vor dem Zelt vom Roten Kreuz „Allahu Akbar" gerufen hat, da war es mit der guten Stimmung schlagartig vorbei und die anderen sind schnell in Deckung gegangen, bevor er auf dem Boden fixiert wurde. Der Moser fand es im Nachhinein nicht in Ordnung, dass der Meier dem Andi gesagt hatte, dass man dafür eine Freimass kriegt. Andererseits wäre es für den wahrscheinlich bei einer Ordnungswidrigkeit geblieben, wäre da nicht die Sache mit den Drogen gewesen. Dabei hatten sie alle gedacht, der Andi würde noch eine Runde schmeißen, also Massen, als er gesagt hatte, er hätte eine Menge Pulver dabei.

Die Erinnerung an den Ausflug heiterte den Moser auf. Er musste schmunzeln und mit dem Schmunzeln schwand der Ekel, wurde erst zum Überdruss, dann zu Verdruss und schließlich zu einem ganz normalen Grant. Er war dem Thomas dankbar, dass er ihn aus seinen düsteren Gedankengängen geholt hatte, weshalb er noch die Flasche Blutwurz und zwei Stamperl mit nach unten nahm, den Kadaver kurzerhand mit einer Ladung Laub bedeckte und mit seinem Freund auf das Leben anstieß.

Der Thomas kippte den Schnaps hinunter und einen zweiten hinterher. Der offensichtliche Stimmungswechsel beruhigte ihn halbwegs und der Alkohol tat das Seinige dazu. Er war nämlich schon kurz davor gewesen, in die Facebook-Kriseninterventionsgruppe „Moormoser" zu schreiben, die er mit dem Toni und dem Meier erstellt hatte, nachdem mit der Anni Schluss war und der Moser drohte, zum passionierten Moorgeisttrinker zu werden, recht bald auch schon aussah wie ein Moorgeist und begann, ihn nachts heimzusuchen, indem er vor seinem Fenster auf und ab huschte und dabei abwechselnd Schattenspiele aufführte und aus Shakespeares Othello zitierte. Wobei man zur Ehrenrettung vom Moser sagen musste, dass die Episode fast so alt war wie Facebook selbst und die Gruppe seitdem nur zweimal reaktiviert worden war: Einmal, als der Manni dem Moser unbedarft einen Moorgeist eingeschenkt hat, was zu einem Rückfall und einem dreistelligen Sachschaden im Angerwirt führte. Das andere Mal, als der Thomas einen Schatten vor seinem Fenster gesehen hat, der sich jedoch im Nachhinein als der Kurschatten seines Nachbarn entpuppte.

Sie haben dann noch über den ganz normalen Wahnsinn geredet, zum Beispiel darüber, wie sich das bargeldlose Zahlen und Internetbestellungen in der Pandemie etabliert hatten. Der Moser hielt sich mit gesellschaftlichen Ausführungen zurück und lauschte ganz dem Thomas, der in verschwörerischem Ton erzählte, er hätte vom Manni gehört, der es vom Xaver gehört hatte, der es wiederum aus sicherer Quelle wisse, nämlich vom Postboten persönlich, dass die Messnerin ein längliches und diskret verpacktes Paket bekommen hätte – an dieser Stelle warf er einen ängstlichen Blick in Richtung Pfarrhausfenster –, und was da wohl drin gewesen wäre, das könnte man sich ja denken, wobei er sich das gar nicht vorstellen wollen würde. Obwohl der Moser wusste, dass das ein völliger Schmarrn war, weil die Messnerin sich nur einen neuen Rührstab bestellt hatte, nachdem ihr museumsreifes Handrührgerät stotternd der Obsoleszenz anheimgefallen war, wahrscheinlich hatte die Mechanik nach 40 Jahren vor dem Eierlikör kapituliert, hörte er brav zu. Am Ende stieg er sogar darauf ein und erzählte, er hätte letztens ein Packerl für die Frau vom Xaver angenommen, in dem es verdächtig geklirrt, geradezu geschellt hätte, der Thomas wisse schon, was zwar ebenfalls völliger Schmarrn war, weil darin ziemlich sicher bloß Auspuffmanschetten für die Mopeds ihrer Schrazen waren. Aber manchmal tat es ganz gut, sich auf das Niveau vom Thomas zu begeben.

Der ist dann noch zu einer illegalen Wiesn-Feier an den Fischweiher vom Konrad, die sich im Nachhinein als Spreaderevent entpuppt hat, wobei der Thomas mit einem blauen Auge davongekommen ist. Das hat ihm der neue Freund von der Vroni verpasst, zu dessen Ehrenrettung man sagen musste, dass er dem unverständlichen Gelalle nur entnehmen konnte, dass die Haut seiner Freundin eklig wäre und er Angst vor einem gewissen Othello hätte, was für ihn verdächtig nach italienischem Liebhaber klang.

Der Thomas hat zwar noch „Mayday Mayday" in die Krisengruppe gepostet, aber geantwortet hat ihm bis heute keiner.

NOVEMBERSONNE

Die verbalen Eskapaden mit dem Meier und dem Raser stellten Vorboten jener zunehmenden Gereiztheit dar, die sich im November vollends Bahn brechen sollte. Der Moser war im Nachhinein nicht gerade glücklich mit seiner Rolle in diesen Episoden, die ihn an die sogenannte Fassadentheorie erinnerten, auf die er bei einer seiner Expeditionen in die endlosen Weiten des Wikipedia gestoßen war, wo eine Verzweigung zu hundert weiteren führt und man am Ende oft gar nicht mehr weiß, wonach man eigentlich gesucht hat.

Diese besagte, dass hinter der Fassade der Kultur mit all ihren Regeln des Zusammenlebens ein Egoismus lauere, der bei Katastrophen hervorbreche, in denen sich der Mensch in einen selbstsüchtigen Einzelkämpfer verwandle, der nur sich selbst retten will, dieser Egoismus somit den wahren Charakter des Menschen darstelle und ergo der Mensch an sich immer egoistisch handle, auch wenn er etwas Selbstloses tue, da auch dies ihm in irgendeiner Form nützlich sei.

Die These eines alles determinierenden Egoismus hatte sich in den letzten Jahren zum zentralen Leitbild der Gegenwart emporgeschwungen, das keine anderen Götter neben sich duldete. Die Gattung Homo wurde auf die Spielarten des Homo oeconomicus und Homo consumens reduziert, andere Attribute wie amans, aestheticus, ludens und cooperativus wurden mit dem egoistischen Prinzip erklärt und diesem subsumiert.

Nun war es so, dass in Zeiten von Corona generell viel von Solidarität und Egoismus die Rede war – erstere wurde vor allem in Bezug auf den Schutz der Alten und das medizinische Personal, letzterer als Prädikat für all jene genannt, die den Maßnahmen ablehnend bis feindlich gegenüberstanden. Wobei sich hier bereits die Schwierigkeit einer klaren Abgrenzung zeigte, weil einerseits die Maßnahmen auch dem eigenen Schutz dienten, andererseits eine Verweigerung derselben eben halt nicht nur die eigene Gesundheit betraf, da der Virus die unangenehme Eigenschaft hatte, von einem zum anderen überzuspringen.

Das Thema beschäftigte den Moser auch an einem sonnigen Tag im November, der obendrein sein Geburtstag war, also die kalendarische Jährung jenes Tages, an dem sein noch reichlich unreifes Ego einst das Licht der Welt erblickt hatte und nach Milch und Wärme schrie, den der Moser jedoch bewusst ignorierte, weil es fraglich war, ob man ein solches Alter überhaupt noch feiern sollte und klar war, dass man eh nicht feiern konnte. Stattdessen hatte er beschlossen, das schöne Wetter für eine Radltour zu nutzen. Also marschierte er nach dem Frühstück zum Schuppen und machte sich daran, sein Fahrrad aufzupumpen. Das Unterfangen erwies sich als schwieriger als gedacht, da die asthmatisch keuchende Handpumpe nur homöopathische Luftmengen ausstieß, die der marmorierte Reifen erst völlig ignorierte und dann mit verächtlichen Zuckungen quittierte. Wutentbrannt pfefferte er die Pumpe in eine Ecke und schmiss den Kompressor an. Während der ratternd die Luft verdichtete, verlor der Moser sich wieder in seinen Gedanken.

Die extreme Ego-Perspektive erschien ihm als Ausdruck einer Zeit, in der Philosophen weitgehend Wirtschaftspsychologen gewichen waren und alles eine Sache von Werbung und PR war. Und mit alles meinte der Moser tatsächlich alles: Marketing bestimmte inzwischen selbst sensible Bereiche wie Hungerhilfe und Umweltschutz sowie das Private von der Partner- bis zur Arbeitssuche. Überall ging es darum, sich gut zu verkaufen. Letztlich war sogar ein erfolgreicher Protest gegen die Mechanismen des Marketings eine Sache von geschicktem Marketing – und damit im Ansatz zum Scheitern verurteilt.

An dieser Stelle erinnerte er sich an seine Gedanken über die Macht des Gedankens. Der Marketing-Gedanke war wahrscheinlich einer der erfolgreichsten aller Zeiten – schließlich hatte er sich von einer

Randerscheinung zur vorherrschenden Denkweise ausgebreitet. Was an sich kein Wunder war, wenn man die Geschichte der PR betrachtete.

Ein maßgeblicher Protagonist selbiger war Edward Bernays, der die Erkenntnisse der Massenpsychologie im Ersten Weltkrieg für die psychologische Kriegsführung nutzte. Nach dem Krieg verlagerte sich der Schwerpunkt auf die Manipulation der politischen Meinung und der Kaufentscheidung, wobei man sich bei letzterer zunächst darauf konzentrierte, das vernünftige Konsumverhalten der Menschen so zu verändern, dass nicht mehr Qualität und Nutzen eines Produkts im Vordergrund standen, sondern die Selbstdarstellung des Menschen mithilfe des Produkts. Und da der Begriff „Propaganda" bereits vor Hitler und Stalin negativ konnotiert war, ersetzte Bernays ihn kurzerhand durch „Public Relations". Sein Ansatz wurde und wird bis heute weiter perfektioniert, so dass alles, was wir an uns tragen und zu uns nehmen, nicht mehr primär dazu dient, uns zu bekleiden oder zu sättigen, sondern uns auszudrücken – mit der paradoxen Folge, dass die Menschen auf einer gewissen Ebene völlig nackt und ausgehungert sind, quasi substanzlos. Gleichzeitig trug es zu dem oben genannten negativen Menschenbild bei, und an diesem Punkt brauchte der Moser dringend ein Bier.

Er setzte Flasche und Aufblaspistole gleichzeitig an, korrigierte im letzten Moment einen potentiell folgenschweren Fehler und vollführte alsdann in einem Akt perfekter Synchronizität die beiden gegenläufigen Prozesse der Leerung und Befüllung. Nach der Stärkung packte er sich in seinen dicken Janker und stülpte sich seine alten Wollhandschuhe über, die ein bisschen so aussahen, als wäre ein Schaf in eine Waschmaschine gefallen und nach drei Schleudergängen von einem Kettenblitz getroffen worden, dann radelte er los in Richtung der nahegelegenen Kleinstadt.

Beispiele der Manifestation des Marketing-Gedankens waren allgegenwärtig und verschonten auch sein Umfeld nicht: So hatte die

Sonja kein Problem damit, dass sie beim Joggen wie eine Litfaßsäule herumlief, weil sie damit vorgeblich ihre Sportlichkeit ausdrückte, und sie nahm sogar den Durchfall in Kauf, den sie von den sündteuren Eiweißriegeln bekam, weil diese ihre Sportlichkeit unterstrichen, auch wenn sie dadurch unterm Strich mehr Eiweiß von sich gab als aufnahm – zumindest erreichte sie so ihr Ziel, schnell abzunehmen. Der Meier wollte mit seinem Porsche Erfolg und Stärke ausdrücken, obwohl er damit eigentlich kaschierte, dass er in seiner Ehe unterm Pantoffel stand und das Geschäft die letzten Jahre gegen die Wand gefahren hatte. Und der Franz aß jeden Tag ein Glas jener öligen Zuckercreme, die wie die anderen Produkte der Firma einen solch extremen Grad an Süße aufwies, dass der Moser ihn geradezu als schmerzhaft empfand, von vielen Menschen jedoch mit Kindheit und Familie verbunden wurde, weil die Werbung ihnen das seit ihrer Kindheit so eingetrichtert hatte – eine zuckersüße Nostalgie mit Aussicht auf Diabetes.

Die ganzen Modemarken, iPads und iPhones, Parfüms, Autos und Superfoods, das alles waren nicht nur Gegenstände, sondern auch Projektionen von Wünschen und Erwartungen, Etiketten mit Eigenschaften, die Menschen sich auf die Haut hefteten. Sehnsucht weckte Kauflaune und wurde mit Konsum gestillt. Es ging darum, Dinge zu verknüpfen und Produkte in das Denken der Menschen einzupflanzen, was unweigerlich zur Folge hatte, dass das Denken der Menschen auch von Produkten geprägt war.

Entsprechend dem konsumistischen Grundgedanken und seiner Qualität bezeichnete der Moser das geistige Gerüst der Marktideologie gerne als Alditaschenphilosophie. Ihm schien offensichtlich, dass der Mensch beides in sich trug, eine egoistische und eine altruistische oder solidarische Seite, die bei jedem Individuum unterschiedlich stark ausgeprägt waren. Er stellte sich das so vor wie einen Balken mit zwei Polen, eine Art Wasserwaage, deren Blase sich beim einen mehr in die eine und beim anderen mehr in die andere Richtung neigte – ein Modell, das in religiösen Weltanschauungen traditionell auf das Verhältnis von geistigem und materiellem

Besitz angewandt wird, sich aber auch in ganz profanen Spannungs-
feldern wie Zeit/Geld, Karriere/Kinder oder Weißbier/Wasch-
brettbauch widerspiegelt und letztlich auf die Begrenztheit der
menschlichen Kapazitäten rekurriert.

Der Moser ließ das Dorf hinter sich und tauchte in den Wald ein.
Schnaubend folgte er dem Weg, der sich kreuz und quer durch alten
Baumbestand wand. Als er auf das offene Feld hinausstach, trieb
der Wind eine Brigade dürrer Blätter vor ihm her.

Er folgte seiner eigenen Philosophie, die das Ergebnis zahlloser ge-
danklicher Spaziergänge, literarischer Expeditionen und lebens-
weltlicher Erfahrungen war und sich grob auf folgende Axiome
stützte: Jeder Mensch hat nur eine bestimmte Zeit auf diesem Planeten – die Lebenden teilen die Gegenwart, sie denken und handeln
im selben Zeitfenster und durchwandeln denselben Raum, atmen
dieselbe Luft. Sie schreiben gemeinsam Geschichte und werden
leicht versetzt zu Geschichte.

Früh stellt sich heraus, dass dieser Kurztrip anders ist als gebucht.
Das Leben ist maßgeblich geprägt von Leid – von Krankheiten,
dem Tod nahestehender Menschen, zahlreichen Enttäuschungen
und Verletzungen. Nun konnte man es sich gegenseitig schwerma-
chen, indem man sich über andere stellte, sich vor sie drängte oder
sie beiseitestieß. Für den Moser war jedoch die logische Schlussfol-
gerung aus der Erkenntnis, dass jeder es schwerhatte, dass man sich
unter die Arme griff, anstatt es sich gegenseitig noch schwerer zu
machen. Ein offenes Ohr, eine helfende Hand und ein aufmuntern-
des Lächeln konnten auf dieser Welt Wunder wirken. Zumindest
machten sie den Weg erträglicher, den man in dem unerträglichen
Bewusstsein der eigenen Endlichkeit beschritt. Denn jeder läuft mit
einer tickenden Uhr umher und fällt irgendwann in eine Grube.
Und am Ende waren alle gleich und keiner nahm etwas mit.

Zudem besaß jeder Mensch etwas Schönes, außer vielleicht der
Mahler Anton, der war als Kind in einen Häcksler gefallen, aber um

äußere Schönheit ging es da gar nicht, man musste nur manchmal etwas genauer hinschauen – was beim Mahler Anton auch nicht half, denn der war geradezu ein Ausbund an Boshaftigkeit, aber er hatte es seit seinem Unfall auch extrem schwer gehabt. Der Moser zitierte in diesem Zusammenhang gern ein Gedicht des Schweden Hjelmar Söderberg, in dem es hieß, dass jeder geliebt werden wolle, und wenn er nicht geliebt wird, dann will er bewundert, wenn er nicht bewundert wird, gefürchtet, und wenn nicht gefürchtet, dann wenigstens gehasst werden, da die Seele vor der Leere zittere und deshalb nach einer mitmenschlichen Reaktion sucht.

Die obig ausgeführte weltanschauliche Grundeinstellung, die in etwa dem entsprach, was herausgekommen wäre, hätten Jesus, Schopenhauer und Camus nach einer durchzechten Nacht ein Manifest verfasst, das von ein paar Derwischen auf den Schreibtisch von Erich Fromm gewirbelt, von Marx mit Wortgewalt aufgeladen und von Derridant mühsam wieder dekonstruiert worden wäre, bis am Ende der arme Karl Valentin dazu verdonnert wurde, so lange mit Ockhams Rasiermesser darauf einzustechen, bis aus den verbliebenden 500 Seiten – das stattliche Volumen war vor allem der Kompromisslosigkeit Schopenhauers geschuldet – 500 Zeichen wurden, womit auch die maßgeblichen Inspiratoren genannt wären, die im Lauf der Jahre zur Architektur seines Denkens beigetragen hatten und die zwischen Buchdeckel gepresst zur Statik seines Hauses beitrugen, diese weltanschauliche Grundeinstellung, nennen wir sie der Einfachheit halber das Mosersche Axiom, prägte das Denken und Handeln unseres Protagonisten.

Nun war es so, dass gegenseitige Hilfe im Winter 2020 auch gefragt war, denn das Virus rückte näher, und im Gegensatz zum Frühjahr, als es immer noch eine Ecke entfernt war, kannte jetzt jeder einen Fall im engen Umfeld. Gleichzeitig bröckelten die im Frühjahr durch den Rally-'round-the-Flag-Effekt, der anders als bei Angriffskriegen im Fall einer Pandemie tatsächlich Sinn machte, gestiegenen Umfragewerte der Politiker: Selbst bei den striktesten Verteidigern der Corona-Maßnahmen mischte sich angesichts des

Schlingerkurses ein grummelnder Unterton in den Diskurs. Dies war nur allzu verständlich, denn es war offensichtlich, dass der Lockdown light die Lasten ungleich verteilte und letztlich nichts bringen würde, zudem verharrte die Gießkanne der Hilfen zunächst über einigen Großunternehmen und sprenkelte dann ziellos umher. Und so kannte irgendwann jeder auch einen Fall im engen Umfeld, der sich den verqueren Querdenkern zuneigte. Die boten zwar keine probaten Lösungsansätze, veranstalteten dafür aber Demonstrationen, die den Moser fatal an Volksfeste erinnerten.

In dieser ebenso langwierigen wie latenten Stresssituation traten bei den Menschen verschiedene Verhaltensmuster hervor, und es war schwer zu sagen, ob es sich dabei um unterschiedliche Kompetenzen, Wesenszüge oder zumindest partiell auch um den Stand der individuellen Wasserblase handelte. Wahrscheinlich ließ sich das auch gar nicht klar voneinander trennen. Jedenfalls zogen sich die einen eher zurück und huschten wie Schatten durch die Supermarktgassen, andere wurden gereizt und aggressiv, wieder andere hingegen verteilten Lächeln und freundliche Worte.

Vielleicht lag es ja an der Sonne, die in einem Jahr, in dem so vieles anders war als sonst, den normalerweise nassgrauen und dieses Mal von einem halbherzigen Lockdown überschatteten November aufhellte. Vielleicht auch daran, dass der Moser an jenem Tag selbst strahlte wie ein Sonnenschein und somit in den Genuss einer zwischenmenschlichen Kettenreflexion spiegelneuronaler Art kam. Auf jeden Fall schien die Welt in Ordnung: Andere Radler grüßten, Spaziergänger lächelten und mehrmals stoppte er für einen kurzen Ratsch mit Bekannten. Sogar die Verkäuferin in der Metzgerei, wo er sich zwei Leberkässemmeln und eine kühle Halbe kaufte, schäkerte augenzwinkernd mit ihm, was ihn überaus schmeichelte und ausnahmsweise nur mäßig irritierte, da sie halb so alt und doppelt so voluminös war wie er.

Auf dem Rückweg machte er an einer Bank am Weiher Halt und verspeiste sein Mahl, das er mit einer Prise Schmalzler abrundete.

Was ihn dann doch irritierte, war der Anglerstuhl an seinem Gartenzaun, auf dem eine geschlechtlich nicht eindeutig zuordenbare Gestalt mit einer Art Paddel saß – zumindest sah es aus der Ferne so aus, eine optische Täuschung, wie sich beim Näherkommen herausstellte, denn es war die Messnerin mit einem Brotschieber. Sie begrüßte den perplexen Moser mit einem Stakkato aus überschwänglichen Ja-meis, verwies ihn auf einen zweiten Anglerstuhl in seinem Garten und begann, eine Batterie Stamperl auf dem Brotschieber zu platzieren und mit Eierlikör zu füllen.

Der Moser setzte sich und ließ den einsetzenden Redeschwall über sich ergehen, der nur von regelmäßigen Trinkpausen unterbrochen wurde, wenn die Messnerin ihren Brotschieber, den sie im Zaun eingehakt hatte, vor- und zurückschob, was den Moser fatal an ein Magazin erinnerte, das im Dauerfeuer alkoholische Geschosse in sein Gehirn jagte und seinen Magen mit glibberigem Eigelb vollpumpte.

Sie wurde vom Drexler Andi abgelöst, der ihm eine Box selbstgebackener Kekse brachte, die der Moser vorsichtshalber nicht anrührte und am nächsten Tag an seine Hühner verfütterte, deren Reaktion seine Skepsis bestätigte, weil die zwei Tage durchschliefen und erst eine Woche später wieder Eier legten, ansonsten aber ganz gut drauf zu sein schienen.

Spätestens als der Franz ein Tragerl kühles Bier lieferte, war dem Moser klar, dass es sich hier um eine konzertierte Aktion handelte. Seine Freunde hatten eine coronakonforme Feier für ihn organisiert, deren Ablauf ihn an den Auftritt der Zwerge im Kleinen Hobbit erinnerte sowie an den Maxl und seine Bauwagenbande, die als kleine Stöpsel zu Fasching immer mit dem Spruch „I bin a kloana Maschkara" von Tür zu Tür gezogen sind und um Süßigkeiten gebettelt haben – ein Heischebrauch und der traditionelle Vorgänger des Halloween in Bayern –, wobei sie ebenfalls nacheinander auftraten. Allerdings haben sie ihre obskure Inszenierung, die frappierende Parallelen zu den sozialen Interaktionen Klingelstreich und

Überfall aufwies, irgendwann ordentlich übertrieben, indem sie ihre Dorfrunde nach einem Durchlauf von vorne begannen, so dass sie am Ende mehr Watschen als Süßigkeiten gesammelt hatten.

Auch am Gartenzaun ging es nun Schlag auf Schlag: In stündlichem Wechsel erschienen der Thomas, der Toni und der Meier, gratulierten und tranken Bier mit ihm. Sogar der Hinterhofer hielt kurz an, stieg aus seinem Streifenwagen und beglückwünschte den Moser per Corona-Faust, bevor er den kurzzeitig vakanten Anglerstuhl in einer Art demonstrativem Laisser-faire ein paar Zentimeter nach hinten rückte und weiterfuhr.

Die zelebrale Salamitaktik führte dazu, dass der Moser bereits zum abendlichen Angelusläuten mächtig einen in der Krone hatte und sein Anglerstuhl gefährlich schwankte. Zu seinem Glück fand die Abfolge konträr gewährter Audienzen lange vor der nächtlichen Ausgangssperre ein Ende – anders als die Hobbits gingen seine Freunde alle brav nachhause und kamen auch nicht nach zwei Stunden wieder wie der Maxl und seine Bauwagenbande.

Als der Moser in seinem Bett lag und dem Grummeln in seinem Blähbauch lauschte, in dem die Magensäure mit der Suspension aus Eierlikör und Bier reagierte, war er jedenfalls sehr zufrieden mit dem Tag. Einem nahezu perfekten Tag mit schönen Momenten, der zwar viele Fragen offenließ, aber einige pessimistische Punkte seiner Grübelübungen relativiert und ganz nebenbei die Existenz des Homo celebrans bewiesen hatte.

DIE RACHE DER NERZE

Der Wolfgang war Rinderzüchter und eigentlich ein gutmütiger Kerl, was man schon daran merkte, wie er sich um seine Viecher kümmerte, die er vom Frühjahr bis weit in den Herbst auf die Weide ließ. Ab einer gewissen Anzahl Goaßn verließ ihn allerdings ab und an seine angeborene Contenance, genauer gesagt wurde er erst verbal und dann auch haptisch spürbar ausfällig. In solchen Phasen wurde er von seinen Freunden erst liebevoll, dann mit gehauchtem Respekt Werwolfi genannt, was daran lag, dass der Wolfi das war, was man in Bayern einen richtigen Brackel oder ein echtes Vieh nannte, und der Moser war sich nicht sicher, ob das stimmte, dass das Kolosseum in Rom der Ort war, an dem im Lauf der Geschichte am meisten Liter Blut pro Quadratmeter vergossen worden waren, weil der Wolfi sieben Jahre beim FC Breitlberg in der B-Jugend gespielt hatte. Die Bezeichnung Blutgrätsche erschien damals bald als zu harmlos, weshalb man den regionalen Wortschatz um die Begriffe Knochenhäcksler und Fleischwolfi erweiterte. Dem Wolfi tat es jedes Mal leid und vor dem Spiel trank er auch nie mehr als zwei oder drei Goaßn, ließ der Schiedsrichter die durch betretene Blicke ausgedrückte Reue jedoch nicht in sein Urteil einfließen, konnte es durchaus passieren, dass er ebenfalls vom Platz getragen wurde, was zweimal relativ glimpflich ausging, weil der Wolfi ihm eine große Portion Rindswürste ans Krankenbett brachte, die er in Form eines Straußes zusammengesteckt hatte. Nach dem dritten Mal wurde er aber dann doch lebenslang gesperrt. Was für den Wolfi ein schwerer Schlag war, war für den FC Breitlberg letztlich ein Fortschritt, denn er stieg damals eine Klasse auf und es gab auch wieder Freundschaftsspiele. Der Moser mochte den Wolfgang, und da er es sich angewöhnt hatte, den Kirschschnaps in seinen Goaßn heimlich durch leicht angegorenen Kirschsaft zu ersetzen, den er sonst eh hätte wegschütten müssen, hatte er auch kein Problem, wenn der Wolfi ab und an auf einen Corona-Ratsch zu ihm an den Gartenzaun kam.

Nachdem sie sich einige Monate nicht gesehen hatten, verabredeten sich die beiden an einem nebligen Nachmittag Ende November zum Distanzgrillen in Mosers verwinkeltem Garten. Der Moser hatte ein Tragerl Bier, ein Tragerl Cola und eine Flasche Kirsch-Eckes, zu vier Fünftel mit vergorenem Kirschsaft der letzten Ernte gestreckt, taktisch klug in Grillnähe deponiert, zur Steigerung der Gemütlichkeit ein paar Kerzen angezündet und dem Wolfi einen Anglerstuhl bereitgestellt. Der wiederum hatte seinen Maßkrug und einen großen Beutel seiner legendären Rindswürste dabei, womit die seit Urzeiten bestehende maskuline Imagination des Paradieses zu zwei Dritteln erfüllt war, was bekanntlich das Maximum darstellte, da die Anwesenheit des letzten Drittels unweigerlich zur Vertreibung aus selbigem führt – eine dilemmatische Krux, in der sich für den Moser eine gewisse Unschärfe oder Utopie der Trinität männlicher Sehnsüchte spiegelte, vielleicht aber auch nur, wie der Thomas meinte, der feine Unterschied zwischen den ansonsten reichlich synonymen Begriffen Gemütlichkeit und Geborgenheit.

Nach einigen abtastenden Sentenzen zur wechselseitigen Befindlichkeit und der ersten Mass hatten die beiden ein abendfüllendes Thema gefunden: Wieder einmal hatte die Krise ein Schlaglicht auf einen kaum bekannten Umstand geworfen, nämlich, dass im zivilisierten Europa viele Millionen Nerze in Massentierhaltung gehalten und allein wegen ihres Pelzes getötet wurden, was den Moser fast aus seinen Baumwollsocken warf, weil er, hätte ihm das vorher jemand erzählt, an eine überzogene PR-Kampagne von Peta gedacht hätte, wobei er sich jetzt im Nachhinein eingestehen musste, dass er die Arbeit dieser Organisation ganz falsch eingeschätzt hatte, was wahrscheinlich daran lag, dass sie eine sehr schlechte PR bekam und ein paar jugendliche Peta-Aktivisten dem Toni beim Angeln mal die Schnur durchgeschnitten hatten, was der Moser für übergriffig und auch überzogen hielt, weil die Fische im Gegensatz zum Brathendl ja wenigstens ein Leben in Freiheit gehabt hatten und der Toni eh nie was fing. Außerdem sah man hierzulande kaum noch Menschen im Pelzmantel. Da hatte er die Rechnung allerdings ohne die globalisierte Wirtschaftsweise gemacht, deren Sinnhaftigkeit sich ihm in vieler Hinsicht nicht wirklich erschloss – beispielsweise wenn es hieß, Schweine müssten so saumäßig gehalten werden, um den Bedarf zu decken, oder wie der Meier ihm immer vorhielt, der Moser wolle doch auch nicht auf sein Schnitzel verzichten, und dann landet die Schweinshaxe in China. Und so war es mit den Nerzen letztlich auch, bloß brauchte die in Europa eigentlich gar keiner mehr, die wurden hauptsächlich exportiert.

Weltweiter Spitzenreiter waren die Dänen, die im Lauf der Jahrhunderte von brandschatzenden Seefahrern zu Botschaftern des Hygge mutiert waren. So vegetierten in dem kleinen Nordland mehr als 17 Millionen sehr unhyggelig gehaltene Pelztiere, was einem Dreifachen der dortigen Bevölkerung entsprach. Der Coronavirus machte vor den Nerzen nicht halt, mutierte seinerseits unter dem kostbaren Fell und drohte, in seiner neuen Form auf den Menschen überzuspringen – ein potentielles Risiko in Hinblick auf künftige Impfstoffe, weshalb die Nerze kurzerhand gekeult, was heutzutage nicht mehr mit Keulen oder Streitäxten, sondern mit Gas vor sich geht, allerdings ist das zugehörige Verb sehr negativ konnotiert, und anschließend in einem Massengrab auf einem alten Militärgelände verscharrt wurden.

Nun blieben einige der toten Pelztiere jedoch nicht brav unter der Erde, sondern stiegen getragen durch Fäulnisgase wieder empor, eine Art morbide Ballonfahrt, die der Wolfi so anschaulich beschrieb, dass der Moser ganz schön schlucken musste, um das Stück anverdaute Rindswurst, das solidarisch seine Speiseröhre emporgeschwallt war, mit deutlich gesunkenem Genuss wieder nach unten zu befördern. Erneut zugeschüttet mutierten die renitenten Nerze zu einer Gefahr für das Grundwasser, weshalb man überlegte, sie zu exhumieren und zu kremieren – eine Bestattungsform, die einstmals den höheren Schichten vorbehalten war, in diesem Fall jedoch lediglich der Abwehr einer Kontaminierung diente, deshalb auch die unteren Leichenschichten inkludierte und über Müllverbrennungsanlagen erfolgen sollte, was für den Moser ein bezeichnendes Licht auf das Verhältnis zwischen Mensch und Nutztier warf.

Die Geschichte war so skurril, dass sie einem Drehbuch des Lars von Trier entsprungen hätte sein können, wobei sie durch die Elemente Mutation und Zombies auch ausreichend Stoff für einen Horror-B-Movie bot. Der Moser nannte sie schlicht „Die Rache der Nerze".

Die beiden tranken noch einige Biere und redeten sich in Rage. Der Wolfi ließ sich dabei allgemein über die industrielle Massentierhaltung aus: So mäste man zum Beispiel Sauen auf engstem Raum und in kürzester Zeit mit Mais und genmanipuliertem Sojafutter aus den beiden Amerikas hoch, wobei zum synchronen Abferkeln Stutenhormone aus Blutfarmen und, weil kein Schwein so leben könne, auch Reserveantibiotika eingesetzt würden, die der Mensch nochmal dringend brauchen würde. Ihm täten die Viecher leid. Außerdem würde es ihn ja davor grausen, das Fleisch von psychisch und physisch kranken Tieren zu essen, vom fehlenden Respekt ganz zu schweigen – das Ganze sei ein derartiger Wahnsinn, dass er regelmäßig kotzen könnte, wenn er an den Fleischregalen von Netto und Co vorbeimusste. Aus Rücksicht auf seine geistige Gesundheit und sein Strafregister würde er Discounter deshalb seit geraumer Zeit meiden.

Am Ende hob er seine Goaßn-Mass auf die Nerze und ihren postumen Widerstand, rülpste laut, packte seinen leeren Krug in den Rucksack und verabschiedete sich mit einem Fluch auf die scheiß Industrie vom Moser. Der ging dann auch zurück ins Haus und verbrachte den Rest des Abends damit, seine Füße am Kachelofen aufzutauen, wobei er gedankenverloren an der letzten Rindswurst knabberte.

IV.

Winter
oder die Eisstarre

SCHWERMUT UND LEICHTSINN

Manchmal, wenn er es eine Zeit lang zu sehr übertrieben hatte und drohte, in eine alkoholische Depression zu schlittern, oder wenn der Arzt ihm mal wieder seufzend mitgeteilt hatte, dass seine Leberwerte zwar noch im Rahmen, aber doch recht grenzwertig wären, begab sich der Moser in eine zeitweilige Abstinenz, die in der Regel für drei Wochen angedacht war und zwischen zwei und zwölf Tagen währte.

In einer solchen Phase schlief er die ersten Nächte schlecht und war in einem Maße mürrisch, das ihn für sein Umfeld zu einer persona non grata machte. Sie zeigte jedoch die prinzipielle Machbarkeit und hatte mittelfristig nicht abstreitbare positive Effekte auf sein Befinden und Faktoren wie Hautbild und Stuhlgang.

Im November war es wieder einmal so weit. Der Moser befand sich den dritten Tag in der selbstauferlegten Enthaltsamkeit und damit auf dem Zenit seines Missmuts. Er hatte miserabel geschlafen, einen anstrengenden Nachmittag hinter sich, an dem er viel begonnen und nichts zu Ende gebracht hatte, und starrte nun schon seit einer geschlagenen Stunde angestrengt in sein Spezi, als berge die Brause den Schlüssel zur Beendigung seiner Fadesse, was ein Trugschluss war, denn alles, was er darin fand, war ein pappiger Geschmack und Sodbrennen.

Wie bei vielen Menschen gehobenen Alters provozierte diese Stimmung die Beschäftigung mit einem Thema, das man im Allgemeinen aus gutem Grunde mied – der Lebenszeit. Der Moser seufzte inbrünstig. Unter dem Vorbehalt, dass das Früher einerseits ein weiter Begriff und einem andererseits ständig auf den Fersen war, war da halt doch einiges besser gewesen, zum Beispiel der Zustand seiner Prostata, aber auch eine gewisse Sorglosigkeit oder Leichtigkeit, die sich aus der Fülle der potentiell vor einem liegenden Jahre nährte und mit dem Verstreichen selbiger einer zunehmenden Schwere wich.

Er musste an den Ferdl denken, mit dem er eine Zeit lang auf dem Bau zusammengearbeitet hatte. Der hatte ihm einmal in der Mittagspause einen ausgeklappten Meterstab vor die Nase gehalten, auf die 60-Zentimeter-Markierung gedeutet und ihn gefragt, was er da sehe, woraufhin er nur mit den Achseln gezuckt hatte, weil die naheliegende Antwort ganz offensichtlich nicht das war, was der Ferdl hören wollte, der obendrein den ganzen Vormittag schon seltsam sentimental und generell für seine Meterstab-Metaphern berüchtigt war. Der Ferdl hat einen tiefen Schluck von seinem Brotzeitbier genommen und gesagt „Schau Moser, wenn der Meterstab mein Leben ist, dann steh ich jetzt da. Und wenn es gut läuft, dann komme ich noch bis da", wobei er auf die 80-Zentimeter-Markierung deutete. Dem Moser, der damals gerade so an der 30-Zentimeter-Markierung lavierte, war daraufhin das erste Mal so richtig klargeworden, dass das Leben aus mehreren Phasen bestand – einer, in der das meiste noch vor einem lag, einer, in der man zumindest statistisch in der Mitte stand und einer, in der das gelebte Zeitvolumen größer als das verbleibende war. Und dass diese Phasen nicht nur ihre jeweils eigenen Vorzüge und Tücken hatten, sondern sich auch ganz maßgeblich auf das Denken, Fühlen und Handeln auswirkten.

Der Moser war sich sicher, dass der Ferdl die 80 auch gepackt hätte, aber manchmal genügt schon ein kleiner Fehltritt, um einen Menschen aus dem Leben zu werfen, insbesondere dann, wenn man auf einem Baugerüst steht. Er wollte auf ihn trinken, ließ es aber dann doch sein. Zum einen hätte er ihm damit keine Ehre erwiesen, zum anderen hatte er Angst, dass der Ferdl direkt neben ihm erscheinen und ihm eine mit dem Meterstab wischen könnte, denn wenn es ein Ritual gab, um die Geister von Maurern zu beschwören, dann indem man mit Spezi auf sie trank – nicht umsonst hatte der Ferdl den letzten Schluck seines Bieres immer auf den Boden gekippt und gesagt, das wäre für die toten Maurer.

Inzwischen war der Moser selbst 60 und damit auf den letzten Zentimetern seines Lebens angelangt. Eigentlich fühlte er sich ja noch jung, meist zumindest, obschon er nicht abstreiten konnte, dass die Jahre ihre Spuren an Körper und Geist hinterlassen hatten. Er hob den Krug, ließ ihn aber rasch wieder sinken, als die Ausdünstungen des lacken Limonadenhybrides auf seinen Riechkolben trafen.

Das Alter hatte ja durchaus auch seine Vorteile. Er kniff die Augen zusammen und überlegte kurz, allerdings fielen ihm spontan keine ein. Jedenfalls war er dafür, dass man dem Alter Respekt zollte. Und zwar nicht nur dem hohen, sondern jedem Alter, denn alt werden war genauso wenig ein Verdienst wie Herkunft oder ein Adelstitel, und in gewisser Weise war die sogenannte Weisheit des Alters nur eine Umschreibung für einen Zustand fortgeschrittener Resignation und Zwangspragmatismus. Hinzu kam eine wachsende Grundangst. Ein jeder kennt das Phänomen: Über einen liegenden Baumstamm im Wald lässt sich ganz wunderbar balancieren. Sobald sich darunter jedoch Wasser oder ein Abgrund befindet, lässt man es entweder gleich bleiben oder kommt nach wenigen Schritten ins Straucheln, auch wenn der Stamm doppelt so breit ist. Genauso war es mit dem Alter. Vieles, was man sich in jüngeren Jahren ohne Zögern zugetraut hat, wird einem suspekt und schreckt ab, was unter anderem daran liegt, dass die Realität und das Knochengerüst brüchiger werden und man immer deutlicher den ultimativen Abgrund neben sich sieht.

Nun wurde es selbst dem Moser zu morbide und er schweifte gedanklich zum Objekt seiner Begierde. Der Themenwechsel führte zu einem rapiden Umschwung seiner Stimmungskurve, den man graphisch allenfalls mit einer Achsenspiegelung hätte darstellen können, wobei, und das muss man dem Moser zugestehen, die Annäherung zwar auf überschwängliche, aber rein theoretische Weise erfolgte. Bier, dachte er und ließ erst einmal eine gewichtige Pause folgen, war fraglos das zentrale Medium des sozialen Miteinanders in Bayern. Man traf sich in der Regel nicht zum Kaffee, zum Sushi-Essen oder in einer Cocktailbar, sondern auf ein Bier, was keine

Mengen-, sondern eine grobe Zeitangabe darstellte, die in etwa ein bis drei Stunden umfasste. Diese vergemeinschaftende Funktion schlug sich auch in speziellen Ritualen wie dem Weißwurstessen und in räumlichen und zeitlichen Zuordnungen nieder, als da zu nennen wären der Biergarten, der Stammtisch, die Starkbierzeit und der Frühschoppen.

Sprachlich wiederum zeigte sich seine exponierte Stellung gegenüber anderen Getränken in einer Vielzahl von liebevollen Synonymen wie Sportgetränk, Gerstensaft oder Hopfenkaltschale, und je nach Situation trank man eine Weg-, Zug-, Sturz- oder Vorglühhalbe, oft auch eine Abschiedshalbe, die regional in Schnitt, Pfiff oder Spruz kontingiert werden konnte, und in der Coronazeit halt eine Abstandshalbe.

Die Universalität des Bieres ging so weit, dass der Unterschied zwischen Getränk und fester Nahrung verwischte. So konnte man Bier nicht nur zur Brotzeit trinken, sondern eine solche auch komplett durch das flüssige Brot ersetzen, das deshalb nicht umsonst als Grundnahrungsmittel galt. Und ethnologisch gesehen war das Bier kein gesunkenes Kulturgut, sondern eine kulturelle Konstante, die den Menschen seit Anbeginn seiner Sesshaftigkeit begleitete.

Wie bei vielen Menschen mit gehobenem Alkoholkonsum provozierte die Beschäftigung mit dem Thema eine durstige Stimmung beim Moser. Sein Lustzentrum unternahm eine geschickte Finte, indem es ihn daran erinnerte, dass, obschon die Coronazeit den perfekten Rahmen für Fastenintervalle bot, die meisten Menschen beim Versuch der Mäßigung gerade massiv scheiterten, was auch durchaus verständlich war, denn gewissermaßen fasteten ja alle bereits soziale Kontakte. Eine Entbehrung, die oftmals durch den gesteigerten Konsum von Genussmitteln kompensiert wurde. Man konnte sich ja sonst nichts gönnen – weshalb der Bundesbürger im Schnitt auch zunahm, und wenn man bedachte, dass einige mehr Sport machten, schlug die Krise beim Rest umso ordentlicher auf die Hüfte. Der Moser wäre vielleicht dennoch standhaft geblieben, hätte seine Abstinenz verteidigt wie einst Horatius Cocles die Brücke über den Tiber, wäre ihm nicht das Schicksal in den Rücken gefallen, dessen Winken oft offenließ, ob es warnender oder konfirmativer Natur war.

Der Wink kündigte sich akustisch in Form eines Motorengeräusches an, das sich von der Straße löste, die Einfahrt hinaufstotterte und vor der Garage verstummte. Es folgte ein Stöhnen – das Stöhnen eines zu großen Mannes, der seinen Körper aus dem Sitz eines zu kleinen Autos schält. Das Schlagen einer Autotür. Und ein weiteres vertrautes Geräusch: Ein von einem vielstimmigen Klirren begleiteter Schlag, den der Moser unschwer als Abstellen eines vollen Bierkastens identifizierte.

Der Moser verharrte regungslos. Tief in seinem Inneren tobte eine Schlacht, an der so unterschiedliche Parteien wie Verlangen, Wille und Wurstigkeit teilnahmen, zu denen sich eine Trommlerformation Vorfreude gesellte, nicht zu vergessen die vorauseilende Kavallerie des schlechten Gewissens, die jedoch wie immer zu spät kam – alles in allem ein Zustand extremer Zerrissenheit, der zu einer regelrechten Lähmung führte.

Ein ruckartiges Klirren signalisierte ihm, dass der Bierkasten sich in Bewegung gesetzt hatte. Das Klirren näherte sich und kam mit einem „Servus Moser" vor ihm zum Halten. Die dialektale Fehlfärbung des Gesagten ließ ihn bereits erahnen, wer da vor ihm stand, eine Vermutung, die sich durch das Heben seiner schweren Augenlider bestätigte. Es war der Dietmar. An dieser Stelle gilt es zwei Dinge zu erläutern: Zum einen, dass der Dietmar ein gebürtiger Norddeutscher war, also jener oberhalb der Donau ansässigen Volksgruppe angehörte, die man in Bayern oft als „Preißen" oder „Fischköpfe" bezeichnete und die dort traditionell einen schweren Stand hatte, der primär auf Mentalitätsunterschieden sowie auf historischen Interventionsbestrebungen beruhte, die man letztlich ebenfalls auf die Mentalität zurückführen konnte, wenn man wollte, und die sich auch im freimütigen Betreten des moserschen Gartens spiegelten, den dieser schließlich bis auf Weiteres zum Sperrgebiet erklärt hatte. Wobei man fairerweise die bajuwarische Doktrin des „Mia san mia" nicht unterschlagen sollte, einen hermeneutisch wie hermetisch problematischen Leitsatz, der nicht nur einen gewissen Habitus, sondern auch die Verwandtschaftsverhältnisse in abgelegenen Ortschaften beschrieb.

Zum anderen die Mentalität des Mosers, für den ein Zugezogener erst dann als einheimisch galt, wenn die Doppelhelix seiner DNA durch assimilatorische Prozesse und ordentlich Bierkonsum die Form einer Brezn angenommen hatte – ein Vorgang, dessen Abschluss man an der leicht nach vorne geneigten Kopfhaltung und einem etwas abwesenden Blick, die eine gewisse Stumpfsinnigkeit implizieren könnten, jedoch nur den Ausdruck der Schwere eines gegenwärtigen Gedankens darstellen, sowie an der Übernahme explizit bayerischen Wortschatzes wie „Merci" oder „Bagage" erkennen konnte. Dabei war es dem Moser völlig wurst, ob der Aspirant von der Mosel, der Wolga oder dem Nil kam.

Dieses recht eng gefasste Integrationsverständnis war natürlich alles andere als korrekt, da es einen gewissen Alltagsalkoholismus voraussetzte und Frauen aufgrund subjektiver Erfahrungen per se ausschloss, in Hinblick auf das bayerische Hinterland jedoch durchaus progressiv.

Der Dietmar war zumindest bemüht und auch sonst eigentlich kein schlechter Kerl. In Hinblick auf Frauen war er sowas wie ein nordischer Thomas, sprich ein Exempel für fortgesetztes Bemühen, das konstant von Erfolglosigkeit gekrönt wurde, quasi ein tragisches Dennoch im Amourösen, dessen Versagen sich aus einem Hang zu fataler Partnerwahl und theatralischem Verhalten speiste. Der Moser erinnerte sich noch gut daran, wie der Dietmar vor zwei Jahren mit einem Gips am Vorderfuß in den Biergarten gehumpelt kam. Die Ursache hatte er nur auf beharrliches Nachfragen hin preisgegeben, wobei der in Sachen Verhörtechniken geschickte Toni mittels einiger Runden Obstler einen guten Teil zur Lösung der renitenten Zunge beitrug. Jedenfalls war es so gewesen, dass sich die damalige Freundin vom Dietmar recht bald als untragbar herausgestellt hatte. In den Worten vom Meier hatte sie mehr Haare auf den Zähnen als auf dem Kopf und war obendrein schiach, was er dem Dietmar ganz am Anfang auch gesagt hat. Der war jedoch mit dem Bairischen hoffnungslos überfordert und hatte „schiach" mit „liab" verwechselt, und als ihm sein Irrtum schließlich bewusst wurde, hatte dieser sich schon häuslich bei ihm eingerichtet – eine klammernde und klagende Gestalt, die ihn mit Vorwürfen überschüttete und ihm den Alltag zur Hölle machte, so dass er irgendwann auf einem Feldbett in seinem Arbeitszimmer schlief und, anstatt seinen Online-Shop für Yogamatten zu betreuen, Totenköpfe auf Merkzettel kritzelte. Es verstrichen einige Wochen des Zögerns und Zauderns, bis er das Unausweichliche akzeptierte, und nochmals ein paar Wochen, bis der Leidensdruck gegenüber der Furcht überwog, denn zum einen war der Dietmar zwar von hünenhafter Gestalt, jedoch alles andere als ein Heros, zum anderen war der Drache, gegen den Siegfried einst kämpfte, im Vergleich zu seinem Hausdrachen nur ein linder Wurm.

In einer besonders dunklen Nacht schmiedete er einen Plan – zumindest glaubte der Moser, dass es eine besonders dunkle Nacht gewesen sein musste –, den er am nächsten Abend in die Tat umsetzte: Er redete sich vor dem Badspiegel Mut zu und trank noch einen Doornkaat, dann entzündete er die große Osterkerze, die er zu diesem Zweck extra aus dem Dachboden geholt hatte, und schwebte im Nachthemd ins Schlafzimmer, wobei er die Kerze wie ein Schild vor sich trug. Dort baute er sich vor seiner Freundin auf, die aus der Lektüre ihrer Gala aufschreckte und zum ersten Mal in ihrer Beziehung tatsächlich perplex wirkte. Er räusperte sich, holte tief Luft und verkündete, die Kerze stünde für ihre Beziehung. Ab da ging es mit der Vorführung allerdings steil bergab. Die Flamme trotzte hartnäckig seinen Versuchen, sie auszupusten, stattdessen schwappte ihm das heiße Wachs über die Hand, worauf er die Kerze fluchend fallenließ, die auf seinem linken Fuß landete und dabei die Großzehe frakturierte, so dass der Dietmar wimmernd vor seiner Freundin in die Knie ging. Er hat nie erzählt, wie sie reagiert hat. Aber am nächsten Morgen war sie fort und kam auch nicht wieder.

Die Episode zeigte, dass das Leben immer noch die besten Geschichten schrieb. Und dass der Dietmar ein ziemlich schräger Vogel war, quasi das, was man ein Original nannte. Eine weitere Eigenschaft von ihm war, dass er immer unerwartet und im falschen Moment auftauchte, diesen aber irgendwie so zu drehen wusste, dass es dann doch passte – eine Art soziallegasthenischer Houdini, der sich aus jeder noch so peinlichen Situation zu winden wusste, ohne diese dabei zwingend als solche wahrzunehmen. Darüber hinaus war er ein loyaler Kumpan, der sich in unregelmäßigen Abständen meldete und es einem nicht krummnahm, wenn man das selber nicht tat.

Der Dietmar guckte den Moser etwas verdutzt an, wackelte mit dem Kopf und zog grinsend zwei Flaschen aus dem Tragerl, die er klingend aneinanderschlug, womit er die finale Runde im inneren Ringen des Moser einläutete. Diese war kurz, kaum mehr als ein Aufbäumen. Und auch wenn der erste Schluck noch etwas schal schmeckte, so mundete der zweite umso besser. Zu bereden gab es vieles – da waren zum Beispiel der Krimi der Abwahl von Trump und die Aussicht auf einen Impfstoff, und obschon der eine nicht so schnell gehen wollte und der andere noch nicht da war, waren das doch Lichtblicke in einem von schlechten Nachrichten geprägten Jahr, auf die man trinken konnte, ebenso wie auf den Ferdl und auf bessere Zeiten.

Die Stunden verstrichen wie im Flug und man weiß ja, wie so etwas läuft: Auf einem Bein steht es sich schlecht, alle guten Dinge sind drei, vier ist eine gerade Zahl, fünf Bier sind auch ein Schnitzel und jetzt ist es auch schon wurst. Am mitunter zweistelligen Ende einer solchen Argumentationskette, die der Moser gemeinhin als fatalistische Eskalation mit fatalem Ausgang definierte, läuft man dann in Schlangenlinien nachhause.

Dieses Mal war an Laufen allerdings nicht mehr zu denken. Bei der Verabschiedung waren von den guten Vorsätzen vom Moser unterm Strich noch fünf Flaschen übrig und er selbst in einer ganz und gar desolaten Verfassung. Der Dietmar stellte die leeren Flaschen zurück ins Tragerl, dann packte er den Moser, der abwechselnd links und rechts gegen die Terrassentür wankte, die eine Passage durch geschicktes Tänzeln zu verhindern wusste, unter den Armen und hievte ihn ins Wohnzimmer, wo er ihn seinem weiteren Schicksal überließ. Ein Akt der Völkerverständigung, der ihm allerdings wertvolle Sekunden und den Führerschein kostete.

Denn als er rückwärts die Einfahrt hinunterfuhr, krachte er dem Hinterhofer direkt in die Seite, der eben von der Schicht nachhause fuhr und über die unerwarteten Überstunden wenig erfreut war. Ein spontaner Fluchtversuch scheiterte kläglich, da der Dietmar zu lange brauchte, um aus dem Auto zu kommen, und sich dabei auch noch mit dem Fuß im Gurt verhedderte, so dass er der Länge nach hinschlug, weshalb der Hinterhofer ihn auch nicht als solchen wertete. Als der Delinquent sich eine FFP2-Maske überzog und behauptete, er sei der Lo-isl und ein Bruder vom Moser, wurde er jedoch recht hantig, weil für blöd lasse er sich nicht verkaufen. Und als dann noch der Moser angewankt kam und allen Ernstes behauptete, er sei gefahren, wünschte er sich das erste Mal in seinem Leben einen Taser.

Letztlich wurde der Dietmar zu einer MPU verdonnert und fastete ein halbes Jahr Alkohol und Autofahren. Der Moser dachte sich im Nachhinein, dass es schon eine Ironie des Schicksals war, dass der Dietmar seine Abstinenz beendet und eine eigene angefangen hatte. Er hat ihn dann auch mal besucht und ihm den Rest von seinem Spezikasten sowie eine Zündkerze vorbeigebracht, was der allerdings nur mäßig komisch fand.

KRISELN

Der Dezember 20 war das erste Mal seit Moser Gedenken eine wirklich staade Zeit und, als würde der Herrgott sich einen Scherz erlauben, seit Langem mal wieder mit Schnee gesegnet, zumindest kurz, denn bald badete ein zäher Nebel die bajuwarischen Auen passend zur allgemeinen Stimmung in nasskaltes Grau.

War man der Pandemie in der ersten Jahreshälfte oftmals noch mit Galgenhumor begegnet und hatte sie in der Sommerpause erfolgreich ausgeblendet, so bauten sich in der zweiten Gereiztheit und Überdruss auf, die im Winter einer zunehmenden Resignation wichen. Die Infektionszahlen stiegen, die Sterbefälle schnellten drastisch in die Höhe und eine schmerzliche Erkenntnis machte sich breit: Das Virus schonte das Land der Dichter und Denker nicht – es hatte nur Anlauf genommen, um nun mit geballter Wucht zuzuschlagen.

So kam es, dass das Personal der Intensivstationen schwitzte, die vom andauernden Lockdown unmittelbar betroffenen Berufsgruppen bangten, Familien im Spagat zwischen Homeschooling und Homeoffice ächzten und Alleinstehende kontinuierlich vor sich hin vereinsamten, derweil die Corona-Skeptiker unbeeindruckt weiterkrakelten, womit sie nicht nur das Thomas-Theorem, sondern auch eine große Flexibilität in der Auslegung ihrer Wahrheiten bewiesen. Alles in allem war der Dezember ein einsamer und trauriger Monat. Dabei spielten neben der fortgesetzten Perspektivlosigkeit und einer gewissen Ermüdung vor allem zwei Dinge hinein: Zum einen das Fehlen der Weihnachtsmärkte – schließlich half das kollektive Kuscheln in lichterkettenschwangeren Glühweindünsten traditionell, die dunklen Tage bis zur Sonnwende zu überbrücken. Zum anderen hatte das nahende Jahresende es an sich, dass man resümierte, was in diesem Jahr einen höheren Frustfaktor barg als sonst, da das vermeintlich oder tatsächlich Verpasste gegenüber dem

Erlebten, das in Form des Besonderen Marksteine auf dem persönlichen Lebensweg setzt, wodurch Erinnerung sich in ein Davor und ein Danach strukturiert und als zerhackter Zeitstrahl oder roter Faden fassbar wird, überwog.

Anstatt Biographien mit Lesezeichen zu versehen, lastete 2020 als Abfolge von Ausrufe- und Fragezeichen auf dem kollektiven Gedächtnis. Gleichzeitig gingen bei der großen systemischen Krise der Pandemie, die in Wellen über den Erdball schwappte und dabei diverse Schwächen entblößte, beispielsweise die Abhängigkeit von Lieferketten und Mängel in Gesundheitssystemen, womit sie im Grunde seit längerem bestehende Krisen sichtbar machte, kleine und persönliche Krisen oftmals unter, wurden also unsichtbar.

Auch der Moser, der bisher relativ gut durch die Corona-Zeit gekommen war, fühlte eine wachsende Ermattung, die sich wie eine dunkle Wolke über sein sozialdarbendes Gemüt legte. Oft dachte er an seine Eltern und fragte sich, wie sie die Dinge wohl wahrgenommen hätten. Als diese das irdische Jammertal ein paar Jahre versetzt verließen, da stand der Moser jedes Mal einige Monate neben sich, besser gesagt über sich, denn es fühlte sich so an, als würde er auf sein Leben herabblicken, das teilnahmslos unter ihm vorbeizog, und er saß damals oft auf der alten Dorfbrücke und schaute traurig ins Wasser.

In der fortgeschrittenen Corona-Zeit ging es ihm ab und an ähnlich. Der Moser behandelte diese Stimmungen in der Regel mit einer Bierkur, welche die Symptome abmilderte: An einem bestimmten Punkt solcher zwar seltener, im Leben jedoch wiederkehrender existentieller Krisen, den der Moser mal bewusst wahrnahm, mal dunkel erahnte und mal unbewusst durchlebte, half nur noch ein Vollrausch.

So ein Vollrausch war wie ein schamanisches Reinigungsritual oder eine Art Metamorphose, in der die alte Haut durch einen symbolischen Tod abgestreift wird und der Mensch in eine neue Phase tritt.

Der Reisende überschreitet dabei die Schwelle des Genusses und gibt sich der Vergiftung hin, die erst von Ekstase begleitet wird und schließlich in ein Stadium des Deliriums mündet.

Am nächsten Morgen fühlte der Moser sich in der Regel todkrank und hundeelend. Aber dies war Teil des Rituals: Mittags konnte er wieder eine Breze essen, abends schon ein Schnitzel, das dann schmeckte wie Ambrosia, das mit einer Schicht aus geschmolzenen Drogen kandiert und in eine Schokoladenhülle gesteckt worden war. Mit der plötzlichen Überdosis an Nährstoffen, die den ausgeschwemmten Körper durchflutete, ließ in der Regel auch das Kopfweh nach, wodurch sich zu dem himmlischen Genuss das bewusste Empfinden einer Schmerzfreiheit gesellte, welches man im Alltag so gar nie hatte.

Der Euphorie durch den Rausch folgte somit eine Euphorie der Regeneration, der Aufstieg des Phoenix aus der Asche oder die Auferstehung aus Ruinen, die Restauration des Moserschen Ein-Mann-Sozialismus vor dem Schnitzelteller. Man konnte es jedoch auch durchaus christlich als eine Art Auferstehung im Schnelldurchlauf sehen – dem im Fall des Trinkers symbolischen Tod folgt die sehr reale Wiederherstellung von Körper und Geist innerhalb eines Tages, wobei es bei besonders schlimmen Eskapaden und mit zunehmendem Alter auch schon mal die biblischen drei Tage sein konnten.

In der ersten Dezemberhälfte hatte der Moser in recht rascher Abfolge zwei Vollrauschrituale absolviert, sich dadurch einigermaßen konsolidiert und ein Stück weit wieder der Welt geöffnet. Danach hat er erst einmal alle seine Freunde angerufen, um zu schauen, wie es ihnen geht. Und dabei gemerkt, dass die persönlichen Krisen sein ganzes Umfeld befallen hatten.

Der Thomas hatte seit der im Ansatz gescheiterten Beziehung zur Katrin keinen engeren femininen Kontakt mehr gehabt und litt zudem unter chronischen Zahnschmerzen, die seinem Zahnarzt zufolge keine körperliche Ursache hatten, sondern eine Art Phantomschmerz darstellten, was es aber auch nicht besser machte.

Die Rosi, die den ersten Lockdown noch genutzt hatte, um die Wirtschaft mal wieder richtig auf Vordermann zu bringen, wobei sie in den Dielenritzen unter dem Stammtisch 12 Euro 30 und weiteres Kleingeld in drei historischen Währungen, zwei Schneidezähne sowie eine Frontflugspange gefunden hat, wurde im zweiten Lockdown depressiv.

Der Franz hatte sich völlig zurückgezogen und der Drexler Andi, dem die Schafkopfrunde schmerzlich abging und der sich anfangs mit einer Online-Runde substituiert hatte, war auf einer Casino-Seite gelandet und glücksspielabhängig geworden. Selbst der bodenständige Toni kämpfte mit coronären Verfallserscheinungen – der übermäßige Konsum von Piratenfilmen und Weißbier hatte nicht nur zu einem schwankenden Auftreten, sondern auch zu einer Verfettung seiner Herzkranzarterie geführt, weshalb ihm zu Nikolaus ein Stent gesetzt werden musste.

Der Moser versuchte möglichst vielen seiner Freunde und Bekannten mit Zaunhalben und Trost zur Seite zu stehen. Dabei litt er mit jedem einzelnen Schicksal, ganz besonders ging ihm jedoch die Geschichte mit dem Meier zu Herzen. Der hatte sich nach seinem kurzen Ausflug in die Szene der Corona-Leugner zunehmend rargemacht, und der Moser hatte erst spät über den Wolfi erfahren, dass er Ende November seinen Vater verloren hatte.

Das Perfide war, dass sein Vater gar nicht an Corona gestorben war, sondern an einem Krankenhauskeim, den er sich während der Behandlung eines Schlaganfalls eingefangen hatte, dass der Meier ihn jedoch in seinen letzten Tagen nicht besuchen konnte, weil sein eigener Test positiv war. Er konnte nicht einmal auf die Beerdigung, weil er zu dem Zeitpunkt fiebernd im Bett lag. Sein Verlauf war mittelschwer und drei Wochen später war er wieder gesund, obwohl er noch lange nichts riechen und schmecken konnte – der

Moser hätte ihm eine Kirsch-Goaß als Augustiner verkaufen können, der Meier hätte den Unterschied nicht gemerkt.

Seit zwei Wochen galt er zumindest mit Blick auf Corona als genesen, emotional war er jedoch in einer miserablen Verfassung, sprach kaum ein Wort und verließ nur selten das Haus, weshalb seine Frau, deren an sich schon dünnes Nervenkostüm in Fetzen hing, den Moser angerufen hatte, ob sie ihm den Meier vorbeifahren könne, sie wüsste gar nicht mehr, was sie machen solle. Und so stand er jetzt in der Tür wie bestellt und nicht abgeholt.

Der Moser hatte den Meier noch nie in einem so elenden Zustand gesehen. Sein Freund hatte sicher fünf Kilo verloren, seine Bartstoppeln standen ab wie die Borsten einer Zahnbürste, die von drei Fernsehmoderatorinnen während einer Zombieapokalypse geteilt und anschließend zum Schrubben eines Flugzeugträgerdecks verwendet worden war, und die dunklen Ringe unter seinen Augen wanderten über die Wangenknochen zielstrebig in Richtung der Mundwinkel, die einige Zentimeter unter dem Kinn baumelten.

Das Häufchen Elend versuchte zu lächeln, als wäre alles in Ordnung, aber genauso gut hätte er versuchen können, auf einem Bein Foxtrott zu tanzen. Der Moser, der sich zu allem Gedanken machte und dem sonst immer etwas einfiel, stand einfach nur betreten da. Ihm kam der berühmte Satz von Wittgenstein in den Sinn, dass man über das, wovon man nicht sprechen kann, schweigen müsse. Er sagte dann aber doch etwas, eine Erkenntnis, auf die er damals an der Dorfbrücke gekommen war, und wenn sie auch etwas pathetisch daherkam, brachte sie die Sache doch auf den Punkt. „Meier, der Tod wirft nicht nur die eben noch Lebenden aus der Welt, sondern auch die, die sie liebten."

Der Meier wollte instinktiv etwas Spöttisches erwidern, so etwas in der Art wie ob dem Moser ein Dichter in das Bier gefallen wäre, schluchzte aber nur laut auf, und der Moser fühlte, wie auch ihm die Tränen in die Augen stiegen. Er nahm den Meier dann in den

Arm – zum einen, um ihn zu trösten, zum anderen, damit der nicht sah, wie er selber still weinte.

Für den Moser war es das dritte Vollrauschritual im Julmond und danach reichte es ihm erst einmal eine Zeit lang. Die beiden haben zusammen ein ganzes Tragerl Bier getrunken, alte Geschichten und ein paar von Wolfis Rindswürsten aufgewärmt und den guten Haselnussgeist vernichtet, den der Meier so gern mochte. Und als die Frau Meier ihren lallenden Mann mitten in der Nacht abgeholt hat, da hat sie gar nicht geschimpft wie sonst, sondern den Moser nur dankbar angelächelt.

DAS WEIHNACHTSWUNDER

Der Moser trank einen Weihnachtsbock auf der Terrasse und blickte hinab in den Garten. Im Dorf war es dunkel und die Silhouetten der Bäume, die ihre kahlen Äste reglos gen Himmel reckten, wirkten wie aufgeklebt, in stummem Flehen erstarrte Büßer, ein sinistres Sinnbild der allgemeinen Lethargie. Mit dem letzten Schluck verschwanden die Statisten seines Gemüts wieder in der Schwärze der Nacht.

Seufzend schlüpfte er aus seinen abgeranzten Gartensandalen in die Wohnzimmerpantoffeln und schloss die Terrassentür hinter sich. Fettschwüle Schwaden durchwaberten das Wohnzimmer. Der Moser verharrte kurz, kniff die Augen zusammen wie einst Hagen von Tronje, einsam und aufrecht im Rauch von Etzels Halle, im Bewusstsein des unausweichlichen Untergangs über die Leichenberge seiner gefallenen Gefährten hinweg nach Feinden spähte, dann betrat er das Schlachtfeld, das sich seine Küche nannte. Die Ente brutzelte im Rohr vor sich hin. Nach einigem Suchen fand der Moser einen unberührten Löffel, übergoss den Braten einige Male mit seinem eigenen Saft, als könnte er das Schicksal des namenlosen Federviehs damit ungeschehen machen, öffnete einen weiteren Weihnachtsbock und machte sich frisch gestärkt daran, mit beiden Händen ungeschlachte Knödel zu formen und sie in das siedende Wasser zu werfen, als es plötzlich klingelte. Das Geräusch riss ihn aus der Apathie seines Tuns, das ihn sonst immer mit Freude erfüllt hatte, dieses Jahr jedoch so seltsam banal und fremd verlief – ein zu bloßer Routine verkommenes Ritual, das er stumpf absolvierte und sich dabei fühlte, als würde er sich selbst im Halbschlaf durch eine Plexiglasscheibe beobachten.

Der Moser knurrte, schlurfte zur Tür und erstarrte. Draußen stand die Anni. Das war dann schon sowas wie ein Weihnachtswunder für den Moser, wobei es rückblickend immer etwas auf seine

Stimmung ankam, ob er es als wundersam, wunderlich oder als verwunschen ansah. Im ersten Moment war er lediglich verwundert, ja geradezu baff.

Er glotzte sie verdutzt an, und wie die Anni da so vor ihm stand in ihrer verwaschenen Jeans, dem weißen Rollkragenpullover unter der offenen Jeansjacke, auf dessen Wollmaschen ein paar Tautropfen glitzerten, und dem eng um den Hals geschlungenen rotweiß karierten Schal, da sah sie fast aus wie früher. Ein paar Falten mehr – ein Phänomen, das Frauen oft früher ereilte als Männer, die dem Erschlaffen der Haut durch Extraktion der Körpermasse entgegenwirkten –, ein paar graue Strähnen, aber immer noch hübsch. „Servus", sagte die Anni, und der Moser schluckte erst einmal nur.

Nach einer Weile bat er sie dann doch herein, womit die Anni abgesehen vom Kaminkehrer und dem Meier die einzige Person war, die in diesem Jahr einen Fuß über seine Schwelle setzte, und bot ihr ein Bier an, das sie dankend ausschlug, einen Glühwein täte sie aber nehmen, worauf der immer noch sichtlich geschockte Moser, froh über die kleine Auszeit, in der Küche verschwand und einen halben Liter vergorenen Kirschsaft mit exotischen Gewürzen und Zucker anreicherte.

Worüber die beiden geredet haben? Davon vielleicht ein andermal. Jedenfalls kam im Lauf des Abends so einiges auf den Tisch. Die beiden haben sich an vieles erinnert, viel gelacht und viel geschwiegen, sie haben vieles geklärt und sich auch mehrfach beim anderen entschuldigt.

Der Moser erklärte es dem Meier gegenüber im Nachhinein so: Sie beide waren sich halt wichtig. Dass ihm die Anni wichtig wäre, das zeige sich ja schon daran, dass er so oft auf sie schimpfen würde, was beweise, dass sie einen festen Platz in seinem Gedankenkosmos besitze. Es bestünde ein unsichtbares Band zwischen ihnen, das dafür sorge, dass man dem anderen nah sei, auch wenn dieser noch so lange oder weit weg wäre, und dass ihre Wege sich immer wieder kreuzen würden, weil sie eben verknüpft seien, und eine solche tiefe Verbundenheit trotze nicht nur Raum und Zeit, sondern auch allen Kategorisierungen von Beziehung, da sie zwei Menschen als Menschen verbinde, sie sei durch ihre bloße Existenz ebenso unumstößlich wie bedingungslos, und wenn man das einmal erkannt habe, dann würden all die Verletzungen, die einem davor so groß vorgekommen wären, verblassen, man könne sich verzeihen und den anderen so nehmen, wie er sei. Des Weiteren seien es die kleinen Gesten, die von Größe zeugen würden, und die Anni wäre durch ihren Besuch, der sie selbst sicher auch einiges an Überwindung gekostet hätte, in seiner Wahrnehmung unglaublich gewachsen.

Den Meier machten seine Worte nachdenklich. Während des moserschen Monologs schossen ihm Bilder von Gehirnwäsche, Chipimplantaten und haitischen Voodoopraktiken durch den Kopf. Er schweifte kurz ab zu Körperfressern, was wohl daran lag, dass er am Vorabend „Invasion vom Mars" im Fernsehen gesehen hatte, und fragte sich am Ende ernsthaft, ob der Moser Opfer eines altersbedingten Esoschubs geworden war oder ob das ungebremste Wachstum der oberen Körperbehaarung eine hippieske Transformation ausgelöst hatte.

Seine tiefe Beunruhigung legte sich erst einige Monate später, als sein Freund wieder auf die Anni schimpfte, weil sie sich seit dem Abend nicht mehr gemeldet hatte und Gerüchten zufolge eine Liaison mit einem sizilianischen Wandermusiker eingegangen war, wodurch das unsichtbare Band wieder auf seinen ursprünglichen Status eines Frustableiters zurückschrumpfte.

Eine gute Stunde später als eigentlich erlaubt verabschiedete sich die Anni, wobei sie ihn umarmte und ihm ein Busserl auf die borstige Wange drückte. Der Moser blickte ihr nach, wie sie schnellen Schrittes zu ihrem Auto eilte, was ihn nochmals sehr rührte, allerdings weniger der Schwere des Abschieds als vielmehr dem Stechen und Ziehen in ihrem Darm geschuldet war, in dem der vergorene Kirschsaft vor sich hin brodelte.

Als er in die Küche zurückkehrte, war die Ente auf ihre halbe Größe zusammengeschmort und die Knödel hatten sich zu einer breiigen Substanz zersetzt, in der einige schiffbrüchige Speckwürfel trieben. Ein kulinarisches Desaster mit drastischen Spätfolgen – so hatte die ätherisierte Geflügelsubstanz ihren Weg in seinen Kleiderschrank gefunden, wodurch der Moser wochenlang einige Olf Schmalzgeruch an sich trug.

Der Moser jedoch lächelte selig. Er machte sich einen finalen Weihnachtsbock auf und ließ das Gespräch mit der Anni Revue passieren. Anschließend dachte er an seine Freunde: An den Meier, der ihm wie jedes Jahr als Weihnachtsgeschenk drei Flaschen von dem guten Haselnuss vor die Tür gestellt hatte, womit er zwar wieder mal gekonnt den Geschmack des Mosers, der seit jeher ein Obstbrandtrinker war, ignorierte, aber einen symbolischen Punkt setzte, den der zu schätzen wusste. An den Toni, mit dem er am 4. Advent ihren traditionellen Feiertagsfrühschoppen veranstaltet hatte, wobei sie einen logischen Bogen von der ökotrophologischen Paradoxie zur semantischen Stimmigkeit von Krankenhausessen schlugen und über Schiffsbau fachsimpelten. Und an den Thomas, der ihm heute Morgen bei einer Halben gebeichtet hatte, dass er sich ein neues Facebook-Profil erstellt hätte, um der Vroni Weihnachtsgrüße schicken zu können, was den Moser wiederum daran erinnerte, wie sein Spezl vor Freude gestrahlt hatte, als er ihnen im Biergarten von der Katrin erzählte – zwei unmittelbar durch Warnsignale aus seinem Unterbewusstsein aktivierte Erinnerungsknoten, deren persönlichen Bezug der Moser allerdings aus theoremischen Gründen übersah.

Er dachte an all die kleinen Treffen und Gespräche, und vor lauter Seligkeit rutschte er immer tiefer in den Ohrensessel. Kurz bevor seine Augen zufielen, kam er zu dem Resümee, dass das schon ein komisches Jahr war – ein trauriges, lethargisches, zugleich aufregendes und besinnliches Jahr, das irgendwie rasend schnell und quälend langsam verstrichen war, und dass das nächste Jahr wahrscheinlich auch nicht einfach werden würde. Aber das machte nichts.

Unterhaltung, Ablenkung, kulturelle Ergötzung und Geselligkeit in großer Runde, das alles war wichtig. Am Ende waren es jedoch besondere Menschen, die das Leben lebenswert machten.

ENDE

Im Kern beruht der Moser auf einer wahren Begebenheit: Der Erfahrung im ersten Lockdown, dass die Treffen zu zweit oder dritt in der Ausnahmesituation der Krise oft eine besondere Tiefe der Gespräche mit sich brachten. Der Idee zur ersten Geschichte folgten viele Spaziergänge zum Sammeln weiterer Ideen, vollgekritzelte Notizzettel und unzählige Stunden vor dem Computer.

Das Schreiben von Geschichten ist das Eine. Der anschließende Prozess, in dem das Buch seine Form erhält, ist eine ganz eigene Geschichte – bei der ich oft an meine Grenzen kam. Ich danke deshalb ganz herzlich den besonderen Menschen, die mir auf dem Weg zum fertigen Buch mit Rat und Tat zur Seite standen: Allen Testlesern für ihr Feedback, Armin und Bianca für ihre rettenden Ideen zur Covergestaltung, Marion und Udo für ihre großartige Hilfe bei der Covererstellung, Geli für ihre vielen wertvollen Hinweise und den Schnellkurs in Sachen Layout sowie der Bergfestrunde und allen Freunden für Ansporn und inspirierende Gespräche bei Abstandshalben.

Das Buch widme ich meinen Eltern.

Über den Autor:

Thomas Sedlmeyr, Jahrgang 1978. Magisterstudium der brotlosen Künste in Augsburg, lebt und arbeitet als freier Autor und Lektor bei Aichach auf dem Land. Alle Ähnlichkeiten mit dem Moser und fiktiven Handlungen sind rein zufällig.

Kontakt: DerMoser@gmx.de